Gijzeling

Van Rom Molemaker zijn eerder verschenen:

Apenbillen door de bocht
(K)walrave
Olaf de Polaf
Het blauwe huis
De hut van Noag
Glad ijs
Een hele week feest
Het goud van Rompel
De held van Madurodam
Helden
Deze straat is van ons
De eerste steen

Rom Molemaker

Gijzeling

Van Holkema & Warendorf

ISBN 90 269 9743 4
NUR 284
© 2003 Uitgeverij Van Holkema & Warendorf,
Unieboek BV, Postbus 97, 3990 DB Houten

www.unieboek.nl

Tekst: Rom Molemaker
Omslag: Ontwerpstudio Johan Bosgra BNO, Baarn
Foto's omslag: © Getty Images
Zetwerk: Zetspiegel, Best

1

Het machinepistool dat op de tafel lag, was grondig schoongemaakt en er lag een matte glans op van wapenolie. Het was een uzi, van Israëlische makelij. Er lagen twee nog lege magazijnen naast.

Op een bankje bij de tafel zat een man. Al zou hij nog net zo goed een jongen genoemd kunnen worden. Zijn zwarte haar hing tot net over zijn oren en half over zijn voorhoofd. Op zijn T-shirt zaten vettige vegen van de olie. Hij had zijn handen aan zijn versleten spijkerbroek afgeveegd. Hij zat daar zonder zich te bewegen. Alleen zijn kaakspieren bewogen zo nu en dan, alsof hij op iets zat te kauwen. Maar zijn mond was leeg en droog, al probeerde hij met zijn tong wat speeksel te vormen en zijn lippen nat te maken. Zijn bijna zwarte ogen keken een tijdje strak naar het wapen op de tafel en daarna zwierven zijn blikken onrustig door het schemerige licht van de oude loods.

Naast een klein raam, met een laag vuil erop dat weinig licht binnenliet, stond een man tegen de muur geleund. Hij was zeker dertig jaar ouder dan de jongen bij de tafel. Hij rookte een sigaret en keek naar buiten, zo goed en zo kwaad als het ging. Zijn voet tikte, nauwelijks zichtbaar, een ritme op de stenen vloer, waaruit je zou kunnen opmaken dat hij muziek in zijn hoofd had. De rook van zijn sigaret kringelde recht omhoog, zijn linker ooghoek in, maar hij leek er geen last van te hebben. Zijn haar was dofgrijs en aan zijn ogen was te zien dat het net zo donker was geweest als dat van de jongen.

De derde man in de loods lag in een hoek, op een oude, bultige matras. Hij sliep. Zo nu en dan snurkte hij en daar werd hij dan zelf half wakker van. Dan draaide hij zich om en sliep weer verder. Tot de volgende snurk.

In de straat kwam een bus aanrijden. Een glimmende, zilverkleurige touringcar met zwarte strepen. De man bij het raam kneep zijn ogen tot spleetjes om beter te kunnen zien. Door het vuil op het ruitje heen zag hij achter de ramen van de bus de gezichten van de toeristen. Vrolijk en opgeruimd keken ze naar buiten en genoten van de oude gebouwen in de smalle straten van de stad. Nog even, en ze zouden op een terras zitten, achter een glas ijsthee, bier of gekoelde witte wijn. Geen zorgen, hoogstens klachten over het uitzicht vanuit hun hotelkamer of de bediening in het restaurant.

De bus manoeuvreerde behoedzaam door een flauwe bocht in het straatje, om krassen op de kostbare lak te voorkomen. De man bij het raam zag de gezichten in de bus een voor een voorbijschuiven. Overwegend grijze hoofden, een bus met ouderen.

'Kijk daar,' zei de jongen bij de tafel. 'Alweer een bus vol met uitbuiters.'

'Het zijn maar toeristen,' zei de ander. 'Ze doen geen kwaad.'

'Laat ze thuisblijven.' De jongen streek over de uzi en veegde zijn hand automatisch weer aan zijn broek af.

De man op de matras in de hoek draaide zich om. 'Blijf hier!' riep hij plotseling. 'Niet die kant op!' Het klonk wanhopig.

'Valeo, hou je kop.' De jongen stond op en liep naar de hoek waar de man lag. 'Je droomt, man. Hou er toch eens over op.' Hij hurkte bij de matras om de dromende man wakker te maken.

'Laat hem met rust, Santin,' zei de man bij het raam scherp.

'Ik word gek van hem.' De jongen kwam onwillig overeind.

'Zelfs als hij slaapt, is hij er nog mee bezig. Het is gebeurd en hij kan er niets meer aan veranderen.'

'Waarom gun je hem de tijd niet?' De man gooide zijn half opgerookte sigaret op de grond en zette zijn voet erop. 'Je kunt niet van hem verwachten dat hij het zomaar vergeet.'

'Hij kan zich beter op zijn wraak concentreren,' zei Santin, 'in plaats van te blijven janken.'

De ander schudde vermoeid zijn hoofd. 'Wat weet jij daar nou

6

van?' zei hij. 'Was jij erbij toen Zamina te ver die straat inliep? Kende je haar eigenlijk wel goed?'

Santin schudde stuurs zijn hoofd. 'Moet dat dan?'

'Jesu,' zei de man kribbig. 'Je weet niet waar je het over hebt. Je weet niet eens hoe prachtig ze was. Hoeveel Valeo van haar hield.' Hij begon zich op te winden. 'Je hebt niet eens gezien dat ze haar vermoord hebben. Niet met één schot, of twee. Vernield hebben ze haar. Een bloederig vod hebben ze van haar gemaakt. Sante Jesu, Santin! Je komt nog maar net kijken! Laat Valeo toch. Geef hem de tijd om zich door zijn verlies heen te knokken.'

Hij keek weer naar buiten. Verdriet in zijn ogen.

Santin wilde kwaad reageren. Als je iets niet tegen hem moest zeggen, was het dat hij nog maar net kwam kijken. Maar tot zijn verbazing zag hij de glinstering van tranen bij de oudere man.

'Sorry Christan,' zei hij. Het klonk ongemakkelijk. Zich verontschuldigen was niet zijn sterkste punt. 'Maar het komt ook omdat we zo lang moeten wachten.'

'Als je geen geduld hebt, ben je niet geschikt voor dit werk,' zei Christan. 'Onze tijd komt, geloof me.'

'Ik wil iets doen.' Santin ging weer zitten en hij pakte een patroonmagazijn van de tafel. 'Ik wil dit ding vol hebben. Ik wil actie in plaats van poetsen.'

'Geduld, jongen,' zei Christan nog een keer.

'En wat dacht je trouwens van mij?' vroeg Santin. 'En van mijn vader? Hoe weet ik dat ze hem in leven zullen laten? Je weet zelf hoe gevangenen worden behandeld. Voor hetzelfde geld zijn ze hem op dit moment aan het martelen. Ik wil wat doen, verdomme!' Hij klonk wanhopig.

Christan zette zich af tegen de muur en ging naast Santin op het bankje zitten. Met zijn ellebogen op de tafel en zijn hoofd in zijn handen keek hij Santin van opzij aan.

'Ik weet het,' zei hij. 'En ik weet ook dat we zonder plan en ongeorganiseerd alles alleen maar erger maken. Als we toeslaan, moet dat goed gebeuren. Dan is het resultaat des te beter.'

'Je vindt me maar een onnozel, ongeduldig mannetje.' Santin

zuchtte en liet zijn schouders zakken. 'Iemand van wie je alleen maar last hebt.'

'Nou vis je naar complimenten,' glimlachte Christan. 'Nee, vriend. Ik ken je goed genoeg om te weten wat je waard bent. Je lijkt niet voor niets zo op je vader.' Hij legde zijn hand op Santins schouder. 'Ik weet wel dat je het liefst de gevangenis zou bestormen, maar dat is niet de weg. We moeten ergens anders toeslaan.'

'Weet jij dan waar?' vroeg Santin.

'Min of meer.' Christan stond op en liep weer naar het raam. 'Maar dat ga ik jou nog niet vertellen. Dat laat ik aan Arnesto over. Hij is tenslotte de baas en het plan is van hem.'

'Waar blijft hij zo lang?' vroeg Santin.

Christan haalde zijn schouders op. Vanuit de hoek klonk gekreun.

'Ben je wakker, Valeo?'

Ze hoorden een kort gebrom, dat waarschijnlijk ja betekende.

'Je hebt gedroomd.'

De man op de matras ging overeind zitten en keek naar het raam. 'Ja,' zei hij. 'Alweer. Het houdt maar niet op.' Hij wreef met de rug van zijn hand over zijn ogen.

'Het houdt wel op,' zei Christan. 'Alleen nu nog niet.'

'Ik voel me zo eenzaam,' zei Valeo. 'Ik mis haar.'

'Ik weet het.' Christan veegde zonder resultaat met zijn hand over het aangekoekte vuil op het raam. 'We slepen je er wel doorheen.'

Op dat moment hoorden ze dat er buiten mensen voor de deur bleven staan.

'Blijf zitten,' siste Christan. 'Stil.' Bewegingloos stond hij bij het raam, zijn ogen op de deur gericht.

Er werd geklopt: één kort, één lang, twee kort, één lang, drie kort, één lang. Christan liet zijn adem tussen zijn lippen ontsnappen en Santin haalde zijn hand weg van de uzi.

Het afgesproken teken. Christan liep naar de deur en schoof een grendel opzij.

De deur ging open en er kwamen nog drie mannen binnen. De voorste was lang en donker, bepaald een knappe man. Zijn zwarte haar viel krullend rond zijn slapen en zijn voorhoofd. Hij droeg een scherp gesneden, kort zwart baardje. Alsof het met een zwarte stift op zijn kaken en zijn kin getekend was. De twee mannen die achter hem liepen, waren van ander materiaal gemaakt. De ene was kort en breed. Een laag voorhoofd en een woeste haardos. Zijn borst nauwelijks bedekt door een versleten, wit hemd. Iemand die je niet graag alleen in het donker tegenkwam.

De derde man was zo onopvallend dat je hem al was vergeten, als hij nog maar net voorbijgekomen was. Klein, vaal en kleurloos. Een schaduw.

De lange man keek de loods rond en zijn blik bleef rusten op Valeo, die nog steeds op de matras zat.

'Lanzaru komt het weekend hier,' zei hij. 'Met zijn gezin.' Zijn stem was verrassend licht en hoog.

'Wat komt hij doen?' Valeo kwam zo snel overeind dat het leek of de matras onder stroom stond.

'Niks bijzonders voor zover ik weet. Weekend vieren.'

'Weet je al waar?'

'Ja.' De lange man liep naar de tafel en pakte de uzi. Hij ging ermee naar het raam en bekeek het wapen nauwkeurig. Hij klapte het open en keek in de loop. Toen legde hij het weer op de tafel.

'Klaar voor gebruik,' zei hij.

Santin keek naar hem op en knikte. Arnesto was voor hem de bevrijder, zijn grote voorbeeld. De enige die in staat was een eind te maken aan de onderdrukking. Een engel uit de hemel.

'Ik ben zover, Arnesto,' zei hij. 'Zeg maar wat ik moet doen.'

De man met het lage voorhoofd lachte een tikje neerbuigend.

'Doe maar, Arnesto,' zei hij. 'Zeg maar wat hij moet doen en hij doet het blindelings, onze jonge held. Zeg maar dat hij in zijn eentje het paleis in de hoofdstad moet aanvallen en hij geeft zijn leven voor de vrijheid.'

'Kop dicht, Palos.' Arnesto keek hem fronsend aan. 'Ik wil geen pesterijen. We hebben elkaar nodig.'

Palos gromde en zei niets meer.

'Waar logeert hij?' Valeo negeerde wat er tussen Arnesto en Palos gebeurde. Hij had een gespannen, bijna koortsachtige blik in zijn ogen.

'Royal Star Hotel,' zei Arnesto. 'Kalm aan, Valeo. Storm er niet zomaar heen. Dat moet georganiseerd gebeuren. En Lanzaru is niet ons enige doel. Deur dicht, Tachis. En kom zitten.' Hij ging tegenover Santin aan de tafel zitten en ontvouwde de plattegrond van een gebouwencomplex. De onopvallende man schoof de grendel weer voor de deur.

Buiten liepen groepjes toeristen door het smalle straatje, elkaar wijzend op de mooie oude huizen met de schilderachtige balkonnetjes. De loods hoorde daar niet bij. Hij stond er schijnbaar toevallig tussen en niemand schonk er aandacht aan.

2

Het vliegtuig had de landing ingezet, ongeveer op het moment dat het de laatste wolkenflarden achter zich had gelaten. Ver in de diepte was de zee zichtbaar geworden. Een onafzienbare watervlakte, hier en daar doorsneden door het kielzog van grote of kleinere schepen. Land was er nog niet te zien. Jeroen keek zo nu en dan door het raampje maar het grootste deel van de tijd las hij in zijn boek. Vliegen was alleen leuk als je nog niet opgestegen was. De drukte op de luchthaven, de verschillende talen en de opwinding bij de gedachte dat je even later op tienduizend meter hoogte in de lucht zou zijn, op weg naar een ver en warm eiland.

De aanloop op de startbaan hoorde daar nog bij. De druk in je rug als het toestel abrupt vaart meerderde en even later de sprong omhoog. Maar al snel was vliegen niet meer dan in de bus zitten, met uitsluitend uitzicht op de bovenkant van het wolkendek.

Het voordeel van een vader die president-directeur van een groot bedrijf was, was dat hij businessklas reisde en in ieder geval genoeg beenruimte had, en een brede stoel.

Jeroen zette het volume van zijn diskman wat harder. De nieuwe cd van Acda en De Munnik. Met gesloten ogen liet hij zijn gedachten afdwalen naar huis, naar school, naar Brigit. Op dit moment was zij met drie vriendinnen op Terschelling. Kamperen, met allemaal hitsige jongens in de buurt. Blowen en drank.

Hij had niets over haar te zeggen en ze was zo vrij als een vogeltje. Wat was er helemaal gebeurd? Een schoolfeest, een halfuurtje strak op muziek, die niet meer dan een trage fluistering was. Een halfslachtige vrijpartij in het bos achter haar huis. Kleren niet helemaal uit, haar huid voelen en zij die van hem. Maar ze

11

was plotseling opgestaan, alsof ze van zichzelf geschrokken was. Nog een snelle kus en ze was in de tuin van haar huis verdwenen.

Hij zag haar gezicht voor zich. Ze had Indische voorouders en daar was nog een schaduw van te zien. Haar ogen en de kleur van haar huid. Hij zou graag willen dat ze niet *een* maar *zijn* vriendin was. Maar ze was niet meer naar hem toe gekomen en als hij haar zocht, was ze zoek. Of niet alleen.

Hij zuchtte. Als er één manier was om achter het net te vissen, was het dat zij met een stel meiden naar Terschelling ging zonder dat hij erbij was.

Hij kreeg een por tegen zijn arm en hij keek opzij. Edith zei niets, maar wees naar het lampje boven zijn hoofd: *fasten seatbelts*. Hij keek naar buiten terwijl hij de riemen vastmaakte. Ze vlogen juist over de kustlijn van Canthaar. Daar ging Jeroen tenminste van uit, want de Boeing was behoorlijk gedaald, en onder zijn voeten voelde hij het gebonk van het uitklappen van het landingsgestel. Het neuswiel, schatte hij.

Hij zette zijn diskman uit, deed de oortelefoontjes uit zijn oren en keek opzij. Hij had geen hekel aan zijn zus, helemaal niet. Ze was twintig, vier jaar ouder dan hij, en ze weigerde hem als een klein jongetje te behandelen, maar op dit moment zat hij liever naast iemand anders.

'Het paradijs ligt klaar,' zei Edith. 'Voor ons dan.'

Jeroen reageerde niet. Edith was nogal maatschappelijk bewogen. Het lot van arme sloebers en zo. De laatste dagen hadden er thuis heftige woordenwisselingen plaatsgevonden tussen Edith en hun vader.

'Het is gewoon een dictatuur,' had Edith gezegd. 'Zes families die het hele eiland onderdrukken.'

'Je weet er weer eens alles van.' Haar vader had toegeeflijk geglimlacht. 'De wereld veranderen vanuit de studentenkamer. Waar heb ik dat meer gehoord?'

'Van jezelf misschien? Van vroeger?'

'Ach ja, natuurlijk, je hebt gelijk. Zo was ik vroeger ook.' Sar-

castisch. 'En kijk nu eens wat er van me geworden is: een steun-
pilaar van de onderdrukkers van deze wereld.'

'Is dat dan niet zo?'

'Het gaat wel over als je wat ouder bent. Volwassen, zeg maar.'

'Dát vind ik altijd zo slap!' Edith was vreselijk kwaad geworden.
'Als je niks meer weet te zeggen komt er altijd zóiets. "Wacht
maar tot je zelf een baan hebt, wacht maar tot je zelf kinderen
hebt, je praat wel anders als je voor jezelf moet zorgen." Báh!'

'Edith, toe.' Haar moeder.

Knal, deur dicht, stampstampstamp, woedende voeten op de
trap naar boven.

Jeroen had het aangehoord, maar niets gezegd. Hij hield zich
niet met die dingen bezig. Zijn vader was de topman van Chemi-
cal Products Inc., nou en? Er stond een grote, nieuwe vestiging
op Canthaar, nou en? Hadden die mensen daar tenminste ook
werk.

Ze vlogen laag over de buitenwijken van de hoofdstad. Witte huizen met tuinen aan brede lanen. Auto's schoten onder hen langs.
Jeroen zag een flits van een groot, blauw zwembad. Zag er goed
uit. Zonniger en warmer dan Terschelling waarschijnlijk. Ach,
laat ze ook barsten op die Wadden. Wie weet wat er hier te bele-
ven viel.

Het vliegtuig raakte de landingsbaan, veerde even op, en reed.
De remmen werden in werking gesteld. Buiten was niet veel
meer te zien dan stoffige grasvelden en een rij loodsen met hoge
prikkeldraadhekken eromheen. Een bewaker met een hond. Op
het platform voor het hoofdgebouw stonden nog een paar toe-
stellen. Een grote Boeing van Lufthansa en twee kleinere, zwart
met zilver, met op de staart een naar voren gerichte pijl. *Canthaar
Air* stond er op de zijkant van de romp.

Datzelfde logo zat op het jasje van de man die Jeroens vader op-
wachtte onder aan de vliegtuigtrap.

'Mr. Beenstra?' Het klonk als Bienstra. Een kleine, beleefde buiging.

'Yes.' Ze schudden elkaar de hand.

'My family,' gebaarde Jeroens vader. Ze kregen allemaal een hand en de man noemde zijn naam. Het klonk als Puddingbroodje en Jeroen kon nog net zijn lachen inhouden. Ze liepen een eind op met de andere passagiers op weg naar het hoofdgebouw. Maar toen gebaarde Puddingbroodje dat ze in de wachtende auto konden stappen die aan de rand van het platform stond. Een zwarte Mercedes met geblindeerde ramen. Ernaast stond een chauffeur met een zwarte zonnebril op.

'De maffia is er niks bij,' mompelde Edith.

Haar moeder siste waarschuwend en haar vader had het kennelijk niet gehoord, of hij deed net alsof.

De chauffeur opende de achterportieren en maakte ook een beleefd buiginkje. Ze konden zijn ogen niet goed zien, maar toen Edith instapte, glimlachte hij even. Snelle, witte tanden. Hij droeg ook het logo van Canthaar Air.

'Your luggage will be brought to the hotel as soon as possible,' zei Puddingbroodje voordat hij het portier sloot.

Jeroens vader wuifde even met zijn rechterhand en de auto zoefde achter de laatste passagiers langs, op weg naar de uitgang. Geen paspoortcontrole, geen douane.

'Connecties, hè,' zei Jeroens vader. 'Het scheelt zomaar anderhalf uur.'

'Ik zal blij zijn als we in het hotel zijn,' zei zijn vrouw. 'Ik word plakkerig van reizen.' Ze keek naar buiten, terwijl ze het plein vóór de luchthaven overstaken. 'Mooi hier. En zo schoon.'

Het plein was ruim opgezet, met drie grote fonteinen en groepjes palmbomen. Er stonden een paar touringcars, in dezelfde kleuren als de vliegtuigen van Canthaar Air. Ze waren waarschijnlijk bestemd voor de passagiers die in het gebouw op weg waren naar de lopende band met hun bagage. Aan een bakstenen muur, midden op het plein, was het portret bevestigd van een man met zwart haar en een snor. In uniform.

'Sonoscu,' zei Ediths vader. 'De president.'

'President?' zei Edith. 'Ik zou toch zweren dat het een generaal was.'

'Zo is dat hier nu eenmaal,' zei haar vader. 'Die mensen zijn gek op uniformen.'

Ze draaiden het plein af en reden even later over een brede weg. Links en rechts kantoorflats, met winkels op de begane grond. Grote etalageramen waarachter allerlei luxe was uitgestald. 'Waar blijf je nou met je armoede?' Ediths vader gebaarde naar de spiegelende winkelruimte.

'Doe niet zo onnozel, pa,' zei Edith. 'Ze laten toeristen heus niet door de krottenwijken rijden, dat weet jij ook wel.'

'Als jij daar dan ook maar niet heen gaat,' zei haar moeder. 'Wie weet wat daar allemaal met je kan gebeuren.'

'Zo is het.' Ediths vader pakte een zakdoek om zijn bril schoon te maken. 'Ik doe heel goede zaken hier en ik wil geen gedonder met een onwillige dochter. Wees blij dat je een gratis vakantie krijgt.'

'Jouw zaken,' ging Edith nog even door. 'Daar gaat het om natuurlijk. Geld.'

'In mijn bedrijf werken heel wat mensen,' zei haar vader. 'Wil jij dan dat ze werkeloos rondhangen? Ze mogen dankbaar zijn dat ik er geld in gepompt heb.'

'Kunnen jullie dat een andere keer doen?' Jeroen keek even opzij naar de chauffeur, die onaangedaan voor zich op de weg keek. Het was onwaarschijnlijk dat hij Nederlands verstond. 'Bijvoorbeeld als ik er niet bij ben.'

'Ja, alsjeblieft.' Zijn moeder sloot zich naadloos bij hem aan. 'Geniet liever van de zon. Weet je nog wat voor weer het was toen we uit Nederland vertrokken? Ik ga het er echt van nemen.'

Edith zei niets meer. Met gefronste wenkbrauwen keek ze naar buiten, en ze zag hoe een glanzende Amerikaanse auto stopte voor de brede trap van een hotel.

Ze zoefden verder over brede avenues en verlieten uiteindelijk de hoofdstad. Daarbuiten was het landschap nogal kaal. Heuvelachtig, maar niet te hoog, en geen weilanden of bomen, maar kale zandsteen met lage of geen begroeiing. De huizen die er stonden, waren van de steensoort van het eiland gemaakt, zodat oker de belangrijkste kleur was. Het land werd geblakerd door de zon en er waren weinig mensen te zien.

'Siësta.' Jeroens vader gaapte en rekte zich uit. 'Ik ga straks eerst even plat.'

'Ik ook,' zei zijn vrouw. 'Maar dan wel bij het zwembad.'

Het volgende kwartier was het stil. De auto produceerde nauwelijks geluid en de airconditioning deed haar werk. Na een tijdje zagen ze de eerste huizen verschijnen van de kustplaats waar hun hotel lag. Ook hier palmbomen langs de straat die naar het centrum voerde.

Edith gaapte en haar blik viel op het achteruitkijkspiegeltje. Ze keek recht in de ogen van de chauffeur. Je kon zijn ogen achter de zonnebril niet zien, maar daar was weer dat snelle glimlachje. Ze wendde geërgerd haar blik af.

'Hier is het ook al zo schoon,' zei haar moeder. 'Als je dat met ons land vergelijkt...'

'Ja,' zei Edith. 'Wie zouden ze dat toch laten doen, voor waarschijnlijk bijna geen geld?'

Haar moeder zuchtte geërgerd en Jeroen kuchte alleen maar. Haar vader zei niets. Even later bereikten ze een brede boulevard langs het strand. Palmen, kleurige parasols, mensen in zee en daarboven de zon. Halverwege de boulevard draaide de auto een zijstraat in en stopte aan de rand van een plein waaraan een groot, wit hotel stond. Boven een rood baldakijn stond met gouden letters de naam: Royal Star Hotel.

'Daar zijn we dan,' zei Jeroens vader.

3

Het hotel had buiten het hoofdgebouw nog een paar aparte blokken waarin ook een aantal kamers was ondergebracht. De gebouwen waren omgeven door plantenbakken met de onvermijdelijke palmen en wat lagere planten, met bloemen in verschillende kleuren. Verder waren er fonteinen en andere waterpartijen, compleet met witte standbeelden. Te midden van dat alles lag het zwembad blauw en wel te stralen in de zonneschijn. De kamers van Edith, Jeroen en hun ouders lagen vlak bij het zwembad. Drie kamers op de begane grond, speciaal voor hen. Een gebaar van de directie. Maar dat had de directie misschien niet zelf bedacht. Dat was misschien van hogerhand opgedragen. Niets was te veel voor de president-directeur van CPI en zijn gezin.

'Dit zijn zo'n beetje de beste kamers van het hele hotel,' zei Edith. 'Wat een voorkeursbehandeling.'

'Profiteer er maar van,' zei haar vader. 'Gewoon genieten, meer niet.'

Edith keek naar het zwembad, dat uitnodigend lag te wachten. Ze voelde hoe plakkerig ze was en besloot zich te gedragen.

'Oké,' zei ze. 'Zwemmen dan maar.' Ze ging naar haar kamer.

Jeroen stond bij de zwembaddouche toen Edith naar buiten kwam. Rond het zwembad stonden ligstoelen met parasols. Hier en daar lagen mensen in de zon, meestal stelletjes. Kinderen speelden in het water. De ergste middaghitte was voorbij en er kwamen meer mensen naar het zwembad.

Edith rilde even onder het koele water van de douche en liep naar de rand van het zwembad, waar Jeroen aan zijn eerste baantje was begonnen. Ze dook hem achterna en het water spoelde de laatste ergernis van haar af.

'Tof, man,' zei Jeroen. 'Het is bijna zo groot als een wedstrijdbad.' Hij dook onder water en kwam een eindje verder als een dolfijn weer boven. 'Ik heb nog geen Nederlanders gezien.' 'Nee, alsjeblieft.' Edith zwom een rustige schoolslag. 'Die kan ik mijn hele leven nog tegenkomen. Nu even niet.' 'Lekker?' Hun moeder stond aan de rand van het zwembad. 'Te gek,' zei Edith. 'Duiken maar.' 'Komt papa niet?' vroeg Jeroen. 'Zo dadelijk. Hij is nog even aan het bellen.' 'Altijd die zaken.' Edith liet zich onder water zakken. 'Heeft hij eigenlijk wel eens écht vakantie?' vroeg ze toen ze weer boven kwam. 'Laat hem nou maar,' zei haar moeder. 'Het is zijn lust en zijn leven. Hij komt zo.' Ze liep naar de douche.

Jeroen was trots op zijn moeder. Ze sportte regelmatig en niemand zou denken dat ze vijfenveertig was. Eerder vijfendertig. Ze rekte zich even uit en dook toen het zwembad in, met niet meer gespetter dan echt nodig was.

Na een paar minuten kwam zijn vader ook. Met een verzaligde zucht liet hij zich in het water zakken. 'Geen beter leven dan een goed leven,' zei hij.

Het was heel knus: hun hele gezinnetje in het zwembad. Gemurmel van stemmen klonk om hen heen. In een hoek van het zwembad spetterden twee kinderen. Een meisje van het hotel kwam achter een van de gebouwen vandaan met een grote kartonnen doos in haar armen. Ze helde iets achterover terwijl ze naar het restaurantgebouw liep. Ze verdween om de hoek, kwam even later weer tevoorschijn, en liep rond het zwembad om de lege glazen te verzamelen. Jeroen keek naar haar en bedacht dat hij niet graag zou werken met dit hete weer. Het meisje raapte een rietje op dat naast het zwembad lag. Even keken ze elkaar aan. Haar gezicht was uitdrukkingsloos en ze liep door. Jeroen dook onder.

De ligbedden hadden dikke matrassen en waren heel comfortabel. Edith las een tijdschrift en Jeroen had zijn diskman aanstaan. De Dijk. Hij was gek op Nederlandse popmuziek. Hun ouders deden niets, behalve in de zon liggen.

De twee kinderen in het zwembad bleken Franse meisjes te zijn, de een acht, de ander tien, zoiets. Ze sprongen met dichtgeknepen neus in het water, klommen er weer uit en sprongen er dan weer in. Achter elkaar door en onvermoeibaar. En ondertussen strooiden ze hun vlindertjes van taal in het rond, zangerig en snel.

'Smeren, hoor,' zei Edith naast hem. 'Je verbrandt voor je het weet.'

Jeroen kwam overeind om de zonnecrème te pakken, toen er nieuwe hotelgasten uit het hoofdgebouw kwamen, voorafgegaan door een jongen die de koffers droeg. Het waren twee jonge vrouwen, meisjes eigenlijk nog, allebei met prachtig, lang haar. De een zwart, de ander donkerblond. Jeroen bleef zitten, met de flacon in zijn handen. Hij volgde de vrouwen met zijn ogen. Ze passeerden hem op nog geen tien meter afstand en zagen ongetwijfeld dat hij keek, maar ze negeerden hem met een vanzelfsprekende arrogantie. Ze praatten onafgebroken tegen elkaar. Italiaans.

'Te groot voor jou, jongetje,' zei Edith. 'Daar kun je alleen maar naar kijken.'

Jeroen haalde zijn schouders op en lachte naar haar. Het was niet echt pesterig bedoeld, dat wist hij. Hij kon het wel hebben.

De twee Italiaanse meisjes waren om de hoek van het volgende blok verdwenen en Jeroen begon zich in te smeren.

'Ik hoor jou nooit meer over vriendjes de laatste tijd,' zei hij.

'Nee.' Edith legde het tijdschrift naast zich neer en ging op haar buik liggen. 'Geen zin en geen tijd. Smeer mijn rug eens in.'

'Geen zin?'

'Nou goed, alleen geen tijd.'

Jeroen overwoog of hij haar over Brigit zou vertellen, maar hij stelde het uit. Zijn moeder lag te dichtbij. Ze zou zich er waarschijnlijk mee gaan bemoeien en bovendien hoefde ze niet alles te weten.

Er kwamen nog meer gasten. Een man, een vrouw en twee kinderen. Een jongen en een meisje. Daarachter liepen twee mannen met zonnebrillen op voortdurend om zich heen te kijken. Allemaal hadden ze een licht getinte huid. De kleur van het eiland. Er liepen twee jongens van het hotel mee om de koffers te dragen. Een van hen liet er eentje, die kennelijk nogal zwaar was, bijna uit zijn handen glippen en zette hem neer. De man van het gezin, die vlak achter hem liep, moest inhouden. Hij snauwde de jongen toe en duwde hem met een elleboogstoot aan de kant, zodat de jongen bijna tussen de palmen terechtkwam. De man liep door en passeerde de ligbedden van Jeroen, Edith en hun ouders. Hij droeg zeker drie zware, gouden kettingen om zijn hals en een opvallend gouden polshorloge. Hij loenste licht. Zijn vrouw kwam achter hem aan. Ze was nog jong en begon behoorlijk dik te worden, net als hun twee kinderen overigens.

En toen verscheen er in de deuropening van het hoofdgebouw iemand aan wie je zag hoe de vrouw en haar kinderen er later uit zouden gaan zien. Oma, zonder twijfel. Een vierkante, schommelende bonk vlees met een varkensachtig hoofd erboven. Ze zei op onvriendelijke toon iets tegen de achterste hoteljongen.

'Lekker stelletje,' zei Jeroen zacht.

'Wie?' Edith tilde haar hoofd op en zag net de oma passeren. 'Jemig, een olifant. Met welk vliegtuig is die hier gekomen?'

'Ze zijn van het eiland zelf, denk ik,' zei Jeroen. 'Aan het taaltje te horen.' Hij keek ze na. 'Gedaan met de rust.'

Het meisje dat de glazen opgehaald had, liep langs met een leeg blad in haar handen. Zij keek de nieuwe gasten ook na en tot zijn verbazing zag Jeroen openlijke haat in haar ogen.

De twee Italiaanse meisjes waren inmiddels naar het zwembad gekomen. Ze hadden allebei één baantje gezwommen en lagen nu even verderop op twee ligbedden, in de schaduw van een parasol. Een zwarte bikini en een gele. Allemachtig, wat een stukken. Ze praatten met elkaar en hun taaltje klonk als een stroom knikkertjes die in het rond rolden.

Jeroen zette zijn zonnebril op. Sprak hij maar Italiaans. Vanachter zijn spiegelende zonnebrilglazen keek hij met een schuin oog naar hen, zonder dat iemand het in de gaten had.
'Fotomodellen,' zei Edith. 'Wedden?' Ze lachte.

Nog geen kwartier later kwamen de twee dikke kinderen naar het zwembad. Ze sprongen in het water en schreeuwden naar elkaar. Jeroen kon er niet uit opmaken of ze nou ruzie hadden of niet, want hij verstond er geen woord van. Maar ze waren kennelijk niet in staat om gewoon met elkaar te praten. Hun stemmen weerkaatsten tegen de muren van de hotelgebouwen.
De ouders verschenen even later ook, gevolgd door de twee mannen, nog steeds met zonnebril. Zij hadden opgevouwen luchtbedden bij zich. De man en de vrouw lieten zich op de ligbank zakken en de twee zonnebrillen begonnen de luchtbedden op te blazen.
De jongen in het zwembad had inmiddels de twee Franse meisjes ontdekt. Hij hees zich op de kant en liep zo stoer als hij kon naar de andere kant. Als een opgeblazen haan passeerde hij de meisjes en sprong even later weer in het bad.
Het werkte niet echt.
'Olalááá!' riepen de Franse zusjes tegen elkaar, en vervolgens kregen ze de slappe lach. De jongen nam er geen genoegen mee. Nog een keer de haan, met hetzelfde resultaat.
Edith was rechtop gaan zitten. Net als Jeroen keek ze ongerust naar het gedoe in het zwembad. Daar zouden ze toch niet de hele week tegenaan hoeven kijken? Alsjeblieft zeg. Jeroen keek naar de vader van de kinderen. Die keek goedkeurend naar zijn dikke zoontje. Hij vond het kennelijk prima dat het joch zich als een echte kerel gedroeg.
'Moulé!' riep hij.
De jongen keek om. Zijn vader riep nog meer in hun onverstaanbare taal en de jongen knikte, als een voetballer die aanwijzingen van zijn trainer krijgt. Hij liep een eindje van het zwembad vandaan en nam een aanloop naar het zwembad. Als een levende

vetbol knalde hij naast de twee meisjes in het water. Even schrokken ze, maar toen schaterden ze het weer uit.

Het zusje van de jongen deed ook een duit in het zakje en sprong naast de meisjes in het water. Een paar spettertjes, meer niet. De jongen was alweer klaar voor een nieuwe aanloop. Zijn vader riep weer iets en daar ging hij.

De Franse meisjes zagen hem aankomen.

'La bombe!' riepen ze. 'Splásh!' Ze begonnen steeds meer pret te krijgen.

'Goed zo, meiden,' mompelde Edith. 'Laat je niet op je kop zitten door dat takkejong.'

De jongen gaf zijn pogingen op. Nog één keer paradeerde hij over de rand van het zwembad. Toen was hij terug bij zijn vader en moeder. De luchtbedden waren opgeblazen.

'Nou, dat kan nog leuk worden,' zei Jeroen. 'Wat een rotjochie.'

'Niet op letten,' zei zijn moeder. 'Het zijn maar kinderen.'

'Ja.' Jeroen keek naar de man met de gouden kettingen en kreeg een onprettig gevoel. Het dikke jong stond uit te leggen hoe flink hij geweest was en zijn vader lachte. Gouden tanden, minstens twee.

Edith ging zwemmen en Jeroen ging een colaatje halen. Hij liep naar de bar in het hoofdgebouw, waar het meisje van daarvoor glazen stond af te drogen. Jeroen wachtte geduldig tot ze het glas waar ze mee bezig was, neergezet had. Hij keek haar aan en lachte. En net toen hij wilde bestellen, kwam een van de zonnebrillen binnen. Hij wachtte niet op zijn beurt maar bestelde. Het meisje keek snel naar Jeroen, maar de man blafte haar iets toe. Ze boog heel even haar hoofd en pakte een groot bierglas, dat ze onder de tapkraan hield. De man keek naar Jeroen vanachter zijn spiegelende brillenglazen en grijnsde even. Toen snauwde hij weer tegen het meisje. Ze schoof het schuim van het glas en zette het voor hem neer. Zonder te bedanken pakte hij het op en liep ermee de deur uit.

'I am sorry for that.' Het meisje keek Jeroen vragend aan.

'One cola,' zei Jeroen. 'Do you speak English?'

22

'Yes, I do.' Ze vulde een glas met cola.

'You don't like those people?' zei Jeroen.

Ze schrok even, maar herstelde zich snel. Ze schoof het glas naar Jeroen toe en keek hem zonder speciale uitdrukking aan. 'I don't know that man,' zei ze. 'Which room?'

'Twenty three.' Jeroen gaf het kamernummer van zijn ouders, bedankte haar en liep naar buiten. Het meisje was alweer met de glazen bezig.

De luchtbedden dreven naast elkaar in het zwembad. De twee kinderen, hun vader en hun moeder stonden naast elkaar op de rand, klaar voor de start. Oma was ook weer aanwezig. Ze had een badpak aan en Jeroen slikte even toen hij haar zag zitten. Niet te geloven, wat een berg.

De vader gaf het startsein en het hele gezin stortte zich op de luchtbedden, om vervolgens met veel geschreeuw en woest maaiende armen het bad over te steken. De mensen die aan het zwemmen waren, brachten zich haastig in veiligheid. Edith was net in de buurt van een trapje en ze klom op de kant.

'Wat een stelletje asocialen is dat, zeg,' zei ze verontwaardigd.

'Die pikken gewoon het hele zwembad in. Moet je kijken.'

De luchtbedden hadden de overkant bereikt, maar ze kwamen ook direct weer terug. En dat allemaal onder voortdurend gegil en geschreeuw.

'Jij hebt toch connecties in dit hotel?' zei Edith tegen haar vader. 'Kun je niet vragen of dit soms normaal is?'

'Die mensen wonen hier,' zei haar vader. 'Op dit eiland zijn ze nogal temperamentvol. Heel anders dan bij ons.'

'Nou, lekker.' Edith ging op haar buik liggen.

Achter haar werd het rustig. De race was voorbij. Het Italiaanse watervalletje in de hoek had zich nergens iets van aangetrokken en klaterde onophoudelijk. Voorzichtig gingen een paar gasten weer te water.

In een hoek van het zwembad dreef het vrolijke gezin, met de luchtbedden tegen elkaar, als een grote, dreigende kwal die elk ogenblik weer tot leven kon komen.

4

De stad was rond een baai gebouwd. Een echte haven was er niet. Er lagen kleine vissersboten voor anker en een eindje verder van de kant een paar grote zeiljachten. Tegenover een van de restaurants langs de boulevard was met boeien, lijnen en twee doeltjes een waterpoloveld uitgezet. Een stel mannen was, in het licht van de avondzon, aan het doelschieten. Achter het doel zwommen jongens rond, die de doorgeschoten ballen teruggooiden.

Santin slenterde, met zijn handen in zijn broekzakken, over de boulevard en ging op een bankje zitten. Hij keek naar de waterpolospelers beneden hem, zonder dat hij het spel echt volgde. Het was nog maar kort geleden dat hij daar zelf in het water lag. Dat hij vrolijk meedeed. Het leidde zijn aandacht af van de problemen. Het huis dat nodig opgeknapt moest worden en de moeite die het kostte om werk te vinden. De irritaties bij zijn vader en de vermoeidheid van zijn moeder. De versleten kleren van zijn twee kleine zusjes en de dagen dat de school gesloten was omdat er opeens geen onderwijzer meer was.

Maar nu was zelfs zwemmen met zijn vrienden iets waar hij zich niet toe kon zetten. Hij keek naar de overkant van de baai. Boven de huizen uit zag hij het dak van een groot gebouw: de gevangenis. De rijen kleine, getraliede ramen. Achter een van die ramen wist hij zijn vader, opgesloten in een cel met twee of drie anderen. Zijn vader was geen misdadiger. Hij was alleen maar lid van een vakbond. Dergelijke organisaties waren verboden op Canthaar, maar ze waren er wel. Ze organiseerden heimelijke bijeenkomsten voor arbeiders en ambtenaren. Ze verspreidden pamfletten met oproepen tot protest tegen het dictatoriale bewind. En ze voerden actie om de werkomstandigheden te verbeteren. Santins vader was opgepakt toen hij samen met een ander affiches op de muur van de kerk plakte. Mocht niet. Te democratisch en dus gevaarlijk.

De bal ging als een streep in de bovenhoek en er klonk een triomfantelijke kreet vanuit het water. Het leven ging door.

Wat Santin betreft, ging het gewone leven vooral langs hem heen. Al zijn gedachten cirkelden rond zijn vader.

Er werd gemarteld in de gevangenis, dat was bekend. Santin had zelf verhalen gehoord van een man die er als schoonmaker werkte. Maar ook anderen wisten ervan. En er waren mensen van wie niets meer gehoord was, sinds ze lang geleden opgepakt waren.

Santin kromp onwillekeurig ineen als hij dacht aan wat ze met zijn vader konden doen. Zijn gezicht vertrok, alsof hij zelf de pijn voelde. Hij had spijt van elke ruzie die hij met hem gemaakt had. Maar aan de andere kant zou hij er heel wat voor geven als ze nu, hier op de boulevard, weer eens lekker met elkaar konden staan bekvechten.

In gedachten zag hij hoe hij zich, vurend met zijn uzi, een weg baande door de beveiliging van de gevangenis. Hoe hij een bewaker dwong de cellen te openen. Hoe hij uiteindelijk zijn vader bevrijdde. Zijn vader, die huilde van blijdschap en trots, met zo'n zoon.

Er reed een jeep over de boulevard. Er zaten vier militairen in. Camouflagepakken en zwarte, glimmende helmen. Machinepistolen met de loop omhoog. Ze waren onaantastbaar en de mensen op straat zochten onwillekeurig de schaduwen van de huizen op. Alleen de groepjes toeristen flaneerden zonder dat ze zich iets leken aan te trekken van het militaire machtsvertoon. Veel uniformen op straat, dat was wel zo veilig. Niet voor niets maakte Canthaar reclame met zo ongeveer het laagste misdaadcijfer van alle landen in de omgeving.

Santin bewoog zich niet. Uiterlijk onverschillig keek hij naar de passerende jeep. Alleen van heel dichtbij was de donkere woede in zijn ogen te zien. Maar niemand was dichtbij genoeg om het op te merken en niemand lette op hem.

Hij keek op zijn horloge. Nog een kwartier, dan zouden ze weer bij elkaar komen in de loods. Arnesto zou het definitieve aanvalsplan bekendmaken. Morgen misschien.

De zon verdween achter de heuvels aan de overkant van de baai. Een arm maakte schijnbewegingen en even later kaatste de bal op het water en raakte opnieuw het net. Gejoel.

Santin stond op en liep terug over de boulevard. Het was rustig. Hij keek nog een keer opzij naar de gevangenis in de verte en beloofde zijn vader dat hij eraan kwam. In gedachten verzonken botste hij tegen een jongen op, die hij niet gezien had. De jongen was een jaar of zestien en liep samen met drie anderen in tegengestelde richting. Twee volwassenen en een meisje, iets ouder dan de jongen. Ze was mooi, dat zag hij in een oogopslag. Santin mompelde een verontschuldiging en wilde opzij gaan. Maar de jongen ging op hetzelfde moment die kant op. Zo stapten ze samen drie keer heen en weer voordat Santin rechtdoor kon. De jongen glimlachte om het merkwaardige dansje en onwillekeurig lachte Santin ook even. Toen liep hij weer verder.

Ze hadden Canthaarse dollars gepind en waren gaan eten op het dakterras van een visrestaurant. De gestoofde vis was erg lekker en de schotel was mooi opgemaakt met verschillende soorten sla en kleine tomaatjes. De bediening was onhoorbaar en er klonk zachte muziek. Van de straat beneden hen kwamen gedempte geluiden van de stad in de avond. Boven de heuvels aan de overkant van de baai verscheen een grote, volle maan.

'Mooi uitzicht,' zei Jeroen.

'Nou.' Zijn moeder zuchtte diep. 'Het is hier echt fantastisch.'

'Een paradijs op aarde,' zei Jeroens vader. 'Als het niet zo ver weg was, zou ik hier wel willen wonen.'

'Meen je dat nou echt?' Edith schudde haar hoofd. 'Dat geloof ik niet.'

'Hoezo niet? Een goed klimaat, vriendelijke mensen. En heb je gemerkt hoe rustig het hier is? Geen rondcrossende scooters, geen keiharde muziek, geen vechtpartijen op straat.'

'Heb je die jeeps met soldaten gezien? Als ik die om me heen had, hield ik me ook rustig.'

'Een kwestie van kiezen. Als het op die manier moet, dan moet het maar.'

'Ik vind het griezelig,' zei Edith.

'Ze doen je niks.' Haar vader schoof zijn laatste stukje vis naar binnen en wenkte de ober.

'Nee, mij niet. Ik ben toerist. Ik breng geld in het laatje.'

'Jij oordeelt altijd zo snel.'

'Omdat ik snel nadenk.'

'Daarom ben ik zo trots op je.' Haar vader liet zich niet kwaad maken. 'Brandy, please.' De ober boog.

De maan klom en weerspiegelde in het water van de baai. Het zilveren licht scheen over de gebouwen aan de overkant. Over de huizen langs de boulevard en over de donkere kolos van de gevangenis daarachter.

Toen ze weer op straat stonden en op weg wilden gaan naar het hotel, zei Edith tegen Jeroen: 'Ik loop nog even de andere kant op, de boulevard langs. Ga je mee?'

'Nee.' Jeroen schudde zijn hoofd. Hij barstte van de slaap na een lange dag en veel eten. Hij wilde in bad en nog even muziek luisteren of tv kijken, legde hij uit. Bovendien zag hij misschien die Italiaanse fotomodellen nog, of wat ze dan ook waren. Maar dat vertelde hij nou weer niet.

'Dan ga ik alleen,' zei Edith.

'Zou je dat nou wel doen?' Haar moeder keek ongerust naar Ediths blote schouders en haar loshangende haar. 'Zo in je eentje 's avonds in een vreemde stad rondlopen? Wat vind jij, Benno?'

'Tja...' Ediths vader aarzelde.

'Hallo,' zei Edith. 'Het is hier toch zo rustig? En ze doen mij toch niks? Je zei het zelf.'

'Dat is zo.' Hij schoot in de lach.

'Ik ben twintig, hoor. Ik kan heel goed op mezelf passen.'

'Ik vind het niks,' zei Ediths moeder. 'Waarom ga je niet even mee, Jeroen?'

'Als Jeroen meegaat, moet ik op hém passen. Niet andersom.'

'Dat is zo.' Jeroen knikte. 'Ze is drie keer zo afschrikwekkend als ik.'

'Ach ja, wat zeur ik ook,' zei zijn vader. 'Je bent een grote meid geworden.'

'Tijd om je dochter los te laten in de grote stad.' Edith zwaaide en liep de andere kant op.

'Niet te laat,' riep haar moeder haar na. 'En op de boulevard blijven!'

Edith stak haar hand nog een keer omhoog, maar ze keek niet meer om. Op haar gemak liep ze over het brede trottoir. Ze genoot van de warmte. Hier werd het nooit koud, ook 's avonds niet.

Verkeer was er ook bijna niet. Particuliere auto's kwamen niet op de boulevard, alleen touringcars en auto's van het leger en de politie. En die laatste maar zo heel nu en dan. Wat ze hoorde, was geroezemoes van stemmen. Op de terrasjes zaten toeristen tussen de plaatselijke bevolking en er heerste een gemoedelijke sfeer. Geen spoor van geweld of onderdrukking te zien. Als ze er niet over gehoord en gelezen had, zou ze nooit op het idee zijn gekomen dat dat hier bestond.

Ze ging op een bankje zitten. Een waterpoloveld werd verlicht door een grote schijnwerper, maar het was leeg. Op een terras vlak erbij zat een groepje jonge mannen luidruchtig met elkaar te praten. Ze liet de warme, lome avond op zich inwerken en ze kreeg de man naast haar pas in de gaten toen hij er al een tijdje zat. Vanuit haar ooghoek zag ze een hand op een knie liggen. Een zilveren ring. Ze rook heel vaag de zoete muskusgeur van een mannenparfum. De man zei niets. Misschien was het toeval dat hij er zat. Het enige plekje dat nog vrij was, bijvoorbeeld. Ze keek heel snel opzij en toen weer voor zich. Hij zat naar haar te kijken. Ze dacht hem ergens van te kennen, maar dat klopte waarschijnlijk niet. Ze was hier pas een dag. Iemand uit het hotel? Ze hield haar blik gericht op de bootjes in het licht van de schijnwerper. Misschien had haar moeder toch gelijk. Had ze toch mee moeten gaan naar het hotel. Had ze toch op karate moeten gaan.

Edith rechtte haar rug. Die tijd was geweest, dat haar moeder gelijk had. En dat schoppen had ze nooit iets gevonden. Waarom moest je altijd meteen achterdochtig zijn als een man je aansprak? En waarom zou ze bang moeten zijn, wat zullen we nou krijgen. Ze keek weer opzij. Hij lachte even en toen zag ze het. Het was de chauffeur van de Mercedes, die hen van de luchthaven naar het hotel had gereden. In plaats van zijn uniform droeg hij een witte polo, een lichtblauwe, wijde broek en een paar makkelijke bootschoenen.

Ze dacht terug aan het glimlachje in de achteruitkijkspiegel. Die wilde haar versieren. Nou, dat zou hem nog tegenvallen.

'You speak English?' Hij had een zachte, prettige stem en het tintelde even in haar nek. Het nam een deel van de irritatie weg.

Edith knikte.

'I like to talk to you,' zei hij. 'So I can practice my English, you see.'

Dat zou heel goed een smoes kunnen zijn, maar ze keek hem aan. Hij had zijn zonnebril niet op en ze zag dat hij lichtgrijze ogen had. Haar lichte achterdocht verdween. Hij zat heel ontspannen naast haar, alsof het de gewoonste zaak van de wereld was. Die bank was van hem en hij zat erop met een vanzelfsprekendheid die niet irritant was, integendeel. En het was tenslotte zijn eiland.

'Let us talk,' zei hij.

'About what?'

'About you, about me, about where you come from. Anything.'

Ze praatten met elkaar en het was heel prettig. Hij vertoonde niet het machogedrag dat ze half en half verwacht had. Toch geen versiertruc? Hij deed oprecht belangstellend en vertelde over zichzelf. Hij was chauffeur in dienst van Canthaar Air, onder andere om vips te vervoeren.

'So you are a very important person.' Hij keek haar ernstig aan.

'Oh no, not at all,' zei ze en ze lachte.

'Oh yes, you are.' Hij bleef serieus en vertelde over zijn werk. Dat hij het geweldig vond om in zo'n mooie auto te rijden. En hoe mooi het eiland was.

Edith begon voorzichtig te vragen hoe het was om er te wonen, ook als je niet aan de macht was, of rijk. Als hij vips rondreed, was hij misschien wel op de hand van de rijke families en ze had geen zin om ruzie te maken. Hij was daar erg terughoudend over en begon over iets anders. Ze vroeg niet door.

Ze had 's morgens niet kunnen vermoeden dat ze die avond op een bankje op een ver eiland met een wildvreemde man zou zitten praten. Maar het voelde goed en ze kon zich niet voorstellen dat haar moeder dit eng of gevaarlijk zou vinden.

Hij kocht voor hen allebei een ijsje en toen merkte Edith dat het zomaar elf uur was geworden. Ze wilde haar moeder niet ongeruster maken dan nodig was.

'I have to go,' zei ze.

'Let me walk you to your hotel.'

'You don't have to.'

'But I want to.'

Ze protesteerde nog, maar met weinig overtuiging. Ze vond het veel te leuk dat hij met haar meeliep.

Het pleintje met het hotel lag een paar minuten verderop, en het wandelingetje over de maanbeschenen boulevard was plezierig. Het was allemaal heel vanzelfsprekend en ontspannen. Toen ze voor het hotel stonden, vroeg hij niet om een kus. Ze wist trouwens niet wat ze gedaan zou hebben als hij het wél gevraagd had. Ze keken elkaar alleen maar aan.

'It was nice talking to you.'

'Yes, it was.'

'And I don't even know your name.'

Dat was waar ook. 'I'm Edith.'

'Canto.'

Er kwam een jeep het pleintje oprijden. Soldatenhelmen.

'Good night, Canto.'

'You too, Edith. Sweet dreams.'

De jeep stopte naast hen. Een van de mannen stapte uit, legde zijn helm op zijn zitplaats en liep naar het hotel. Edith zag dat het de vader van de twee kinderen was, de man met de gouden kettingen. Ze keek weer naar Canto en schrok van hoe hij keek. Er was iets kouds in zijn blik.

'Who is that man?' fluisterde ze.

'Keep away from him,' zei Canto. 'His name is Lanzaru. He means trouble.' De man was het hotel binnengegaan en de koude glans verdween weer uit Canto's ogen.

'Take care,' zei hij zacht. Toen draaide hij zich om en stak het pleintje over.

5

De hemel kleurde bleekroze en lichtblauw. De dag brak aan. Santin lag met wijdopen ogen op zijn rug in bed. Hij had weinig geslapen en was al een hele tijd wakker. De halve nacht lang had hij het plan van Arnesto doorgenomen. Steeds maar weer. Het was een simpel plan, zonder franjes. De kortste weg naar het doel is zo eenvoudig mogelijk, had Arnesto gezegd. Het moest razendsnel gebeuren, zonder aarzeling. Het enige wat ze niet konden plannen was wie ze wel of niet zouden tegenkomen, zodat het onzeker was of ze geweld zouden moeten gebruiken of niet. Het zou noodzakelijk kunnen zijn. Niemand mocht de kans krijgen om de buitenwereld te waarschuwen voordat ze hun doel bereikt hadden.

Santin dacht aan zijn lichaam. Hij was er trots op. Een atletisch figuur en een mooie, gladde huid. Hij legde zijn hand op zijn buik. Hij zou geraakt kunnen worden. Zijn lichaam zou beschadigd kunnen raken. In één ogenblik zou alles kapot kunnen gaan. Dit zou de laatste dag van zijn leven kunnen zijn.

Hij huiverde onwillekeurig en keek naar een vlek op het plafond. Elke morgen als hij wakker werd, keek hij ernaar. Een vlek in de vorm van een vliegende vogel. Voor hem was het een symbool. Vogel en vrijheid.

Buiten hoorde hij de geluiden van een stad die op gang kwam. Voor de toeristen was het nog te vroeg, maar de plaatselijke bevolking begon wakker te worden. Veel mensen waren, net als hij, niet gelukkig met het strenge regime. Maar ze deden er niets aan. Ze durfden het niet.

Hij snoof. Nou goed, dan zou hij het wel voor ze doen, samen met de anderen van de groep. Niet iedereen was een strijder. En als je bang was, moest je er ook niet aan beginnen. Hij likte zijn droge lippen en haalde diep adem. Dat donkere gevoel in zijn borst moest weg.

Toen dacht hij aan Maria en hij glimlachte.

Jeroen werd wakker door het geschreeuw van kinderen bij het zwembad. Kreunend draaide hij zich om en keek op het reiswekkertje naast zijn bed. Kwart over acht, allemachtig. Welke idioot had zijn kinderen al op zo'n goddeloos vroeg moment losgelaten? Hij luisterde. Het was geen Frans of Engels. Het waren de kinderen met de luchtbedden. Jeroen had willen uitslapen tot op zijn vroegst negen uur. Hij ging rechtop zitten en keek naar de streepjes licht die door de gesloten luiken kwamen. Rotkinderen. Hij stond op en ging naar de wc. Voor de eerste keer in zijn leven had hij een kamer met een eigen toilet en een eigen bad. Luxe. Geen zus die eindeloos bezig was met van alles en nog wat, met de deur op slot. Die allemaal dingen deed waar hij niet bij mocht zijn.

Tof, in je eigen pot klateren. Buiten ging het geschreeuw onverminderd door. Er werd op zijn deur geklopt.

'Ben je wakker, Jeroen?' Zijn moeder.

'Ja.' Even schudden. 'Nu wel.'

'Ga je ontbijten?'

Hij dacht even na. Het ontbijt was tot halftien, dus hij kon nog even zijn bed in. Lekker naar dat geschreeuw liggen luisteren. Niet dus.

'Over tien minuten,' riep hij. 'Ga maar vast.'

Zo vroeg was hij nog nooit opgestaan in de vakantie. Geeuwend liep hij naar het raam en deed de luiken open. Een brede straal fel daglicht raakte hem vol in zijn gezicht en hij deed snel zijn ogen dicht. Jemig!

De douche was prettig, met krachtige stralen. Nu werd hij pas echt wakker. Snel kleedde hij zich aan en ging zijn kamer uit. Om bij het restaurant te komen, moest hij langs het zwembad. De kinderen dreven rond op hun luchtbed en kwamen even op adem. Het meisje van de bar was bezig om de verchroomde paal van de zwembaddouche te poetsen. Het ding glom als een spiegel en het leek een overbodig werkje. Ze keek ook niet naar wat ze deed. Ze keek naar het zwembad.

Er klonk een stem van het terras van een hotelkamer iets verderop. Het was de vader van de kinderen. Hij riep blijkbaar dat ze uit het water moesten komen, want ze peddelden naar het trapje en klommen op de kant. Ze sleepten hun luchtbedden achter zich aan en gingen naar hun vader.

Het meisje bij de douche keek de kinderen na. Haar gezicht was uitdrukkingsloos.

'Good morning,' zei Jeroen toen hij langs haar liep. Ze glimlachte heel even en sloeg haar ogen neer. Toen werd ze naar binnen geroepen door een man die bij de deur van het restaurant stond. Wat hij riep, verstond Jeroen niet, alleen haar naam. Dus ze heette Maria. Die naam kon je overal tegenkomen.

De moeder van Jeroen zat aan een tafeltje. Ze zag er een beetje eenzaam uit.

'Is papa nog niet op?'

'Die is al weg. Hij heeft voor achten al ontbeten en is naar de fabriek.'

'Wanneer houdt hij nou eens een keer gewoon vakantie?'

'De zaak kan niet zonder hem.' Ze haalde haar schouders op.

'Denk je dat echt?'

'Nee, dat denkt híj.'

'Dus nou zit je de hele dag alleen.'

'Daarom heb ik jullie meegenomen.' Ze legde glimlachend een hand op zijn arm. 'Ik ben het gewend. Zo is het nu eenmaal. En hij heeft beloofd dat we over een halfjaar naar de wintersport gaan.'

'Over een halfjaar al, tjonge.'

'Het is een ontbijtbuffet.' Ze lachte weer. 'Je moet zelf even koffie en broodjes halen.'

Jeroen stond op, net op het moment dat het pad tussen de tafels en het buffet totaal versperd werd door oma Mastodont. Haar dochter, haar schoonzoon en haar kleinkinderen kwamen achter haar aan. Jeroen liet ze passeren en merkte opeens dat het personeel overdreven beleefd tegen hen was. Onderdanig bijna. Maar dan eerder uit angst dan uit eerbied. De gerant kwam haastig naar het groepje toe en ging ze toen voor naar een leeg tafeltje in de hoek tegenover het raam. Een echtpaar dat aan het tafeltje ernaast wilde gaan zitten, werd beleefd maar gedecideerd naar een andere plek verwezen.

'Je zou haast denken dat het belangrijke mensen zijn,' zei Jeroens moeder. 'Moet je kijken.'

'Zo doen ze in elk geval wel.' Jeroen zag dat de twee mannen die ook bij het gezelschap hoorden, aan het vrijgehouden tafeltje gingen zitten. Ze hadden hun zonnebril weer op, ook nu ze binnen waren. 'Ik blijf maar een beetje uit hun buurt.'

'Heel verstandig.' Zijn moeder schoof een leeg kopje naar hem toe. 'Lieverd, wil je voor mij nog een kopje koffie meenemen?'

De mensen aan de twee tafeltjes in de hoek werden, in tegenstelling tot alle andere gasten, bediend. Er werden schuine blikken in hun richting geworpen door de anderen, maar de hoek van het restaurant was een eiland geworden. Alleen het personeel pendelde heen en weer met drankjes en brood. Jeroen tapte koffie en pakte vers fruit uit een grote schaal. Ze zochten het maar uit.

Tegen het eind van de ochtend verlieten de leden van de groep van Arnesto na een laatste bespreking de loods. Alleen of met zijn tweeën, om niet op te vallen. Via verschillende routes gingen ze naar een stuk braakliggend terrein aan de rand van de stad. Achter een paar struiken en tussen het hoog opgeschoten onkruid, niet te zien vanaf de straat, stond een vuilwit bestelbusje in de schaduw van een eenzame pijnboom. Christan was er, met Santin, als eerste en hij ging achter het stuur. Santin ging achterin zitten. De anderen kwamen uit verschillende richtingen. Ze verdwenen achterin, bij Santin, na eerst gekeken te hebben of iemand ze zag. Niemand in de buurt. Arnesto kwam als laatste. Hij controleerde of de achterklep dicht was en ging toen naast

Christan zitten. Santin kon hen zien als hij door de opening in de tussenwand keek. Hij hoorde ze praten.

'Wapens achterin?' vroeg Arnesto.

Christan knikte. 'En onder de stoelen.'

Arnesto bukte zich en vond zijn machinepistool naast een tasje patroonmagazijnen. In zijn broeksband zat een pistool. Hij controleerde beide wapens.

'Ik zou er wat voor geven als ik zeker wist dat we ze niet hoeven te gebruiken,' zei Christan.

'Wat moet, dat moet.' Arnesto legde het machinepistool naast zich op zijn stoel. 'Het is tijd.' Christan knikte en startte de motor. Het busje hobbelde het terrein af, naar de straat.

Achterin moesten ze zich vasthouden aan de zijkant en aan elkaar om niet om te vallen. Toen ze door de straten reden, trok Palos een zeil weg dat in de hoek lag. Hun wapens lagen eronder en hij deelde ze uit.

'Jullie speeltjes,' zei hij.

Santin streek over de loop van zijn wapen en keek recht voor zich uit. Geweld. Hij zou geweld gaan gebruiken. Hij had wel eens gevochten natuurlijk. Ruzies en zo, in de kroeg of op straat, tijdens een simpel partijtje voetballen. Die dingen ging hij echt niet uit de weg. Hij had vaak genoeg iemand een bloedneus geslagen. Maar deze keer had hij iets in zijn handen waarmee hij mensen echt angst kon aanjagen. Raken. Doden. Er trok een gevoel van opwinding door hem heen. Macht hebben over leven of dood van iemand anders. Hij voelde bijna letterlijk het bloed door zijn aderen stromen, als een bruisende rivier.

Maar direct daarop veranderde dat gevoel, alsof iemand een knop omdraaide. Hij had er zelf geen enkele invloed op. Zijn mond werd droog en hij probeerde te slikken. Er ging een huivering door hem heen en hij trok zijn schouders op. Zijn blik ontmoette die van Palos, die tegenover hem zat en hem onderzoekend aankeek.

'Is er iets?' vroeg Santin.

'Je bent bang.'

'Nee.' Santin schudde zijn hoofd.

'Wel. Probeer het niet te verbergen. Ik zie het. Het is goed om bang te zijn.'

Santin trok zijn wenkbrauwen op. 'Waarom?'

'Wie niet bang is, wordt onvoorzichtig. Gevaarlijk.'

Santin probeerde te ontdekken of Palos hem in de maling zat te nemen, maar zo zag hij er niet uit. 'Ben jij ook bang dan?'

'Reken maar.' Palos grijnsde opgewekt en klopte op zijn uzi. 'Maar ik ben niet alleen.'

Santin glimlachte even. Valeo zat naast Palos. Hij had zijn ogen dicht. Misschien dacht hij aan Zamina. Misschien zag hij weer voor zich hoe ze neergeschoten werd, want zijn gezicht vertrok van pijn.

Tachis zat het dichtst bij de achterklep. Hij had de hele dag nog niets gezegd. De bestelbus bereikte het eind van een nauwe straat en draaide de boulevard op.

In de tuin van het hotel liep Maria naar het achterste gebouw. In de verste hoek van het terrein was een kleine deur in de muur die het hele hotelcomplex omringde. Het deurtje was bijna altijd op slot, maar Maria had de sleutel bij zich.

Edith en haar moeder gingen het stadje in. Leuke dingen kopen en op een terrasje zitten. Mensen en boten kijken.

Jeroen keek ze na, terwijl ze langs het zwembad naar het hoofdgebouw liepen. Als je ze van achteren zag, zou je zeggen dat het twee vriendinnen waren of zussen. Zelfs als je ze van voren zag, zou je dat nog kunnen denken. Even lang, het haar los, een korte rok aan en sandalen met hakjes. Jeroen zag hoe mannen bij het zwembad naar hen keken. Hij grijnsde. Daar waren ze allebei goed in: op zo'n manier langslopen dat bijna iedereen keek. Ze verdwenen uit het zicht en Jeroen keek naar de mensen rond het zwembad.

De Franse meisjes waren er weer, nu in gezelschap van een paar jongetjes. Engels, zo te horen. De jongetjes deden stoer en de meisjes giechelden en deden net of ze alleen op de wereld waren. Aan de overkant kwam een echtpaar overeind om zich naar het zwembad te begeven. Jeroen schatte ze op een jaar of veertig. De vrouw was groot en wit. Ze had een enorme duikbril op waardoor ze op een slechtziende, witte walvis leek. Ze droeg een zwempak met blauwe bloemen, dat als een opgeblazen ballon om haar lijf zat. De man, die ook een duikbril op had, was net zo wit als zijn vrouw en hij droeg een te klein zwembroekje. Voorzichtig achteruitlopend leidde hij zijn vrouw het water in. Het leek of ze niet durfde. Watervrees, of zwembadtraptreeangst. Ze stonden een tijdje stil. De man bleef geduldig en liet haar niet los.

Yes! De Italiaanse schoonheden kwamen aanlopen. Ze waren duidelijk niet van plan om te gaan zwemmen, want ze hadden allebei een spijkerbroek aan en een dunne, losse bloes. Zilverkleurige schoentjes met hoge hakken en allebei een tasje aan de schouder. De hoofden van de mannen bij het zwembad draaiden allemaal dezelfde kant op. De twee gingen op een ligbank zitten en een van hen keek op haar horloge. Kennelijk verwachtten ze iemand. En aan één stuk door fladderde het Italiaans klokgeklingel om hen heen, begeleid door sierlijke handgebaartjes.

Jammer dat ze niet bleven. Jeroen keek weer voor zich. Het duo Duikbril was nog niet verder gekomen.

Jeroen wilde net weer gaan lezen, toen ook de man met zijn gouden kettingen bij het zwembad aankwam, met zijn gevolg in zijn kielzog. De kinderen gooiden hun luchtbedden weer in het water en gingen op de kant staan, klaar om hun stuk van het zwembad te veroveren. Het hele zwembad waarschijnlijk. Hun ouders gingen op een bed liggen en hun oma ging zitten. Als ze ging liggen zou ze waarschijnlijk nooit meer overeind komen.

Een paar echtparen verlieten het zwembad. Misschien omdat ze dat al van plan waren, maar misschien ook omdat ze geen zin in herrie hadden. Ook de Engelse jongetjes werden door hun ouders uit het water geroepen. De Franse meisjes hingen aan het trapje in het diepe gedeelte. Ze spetterden vrolijk door en trokken zich niets aan van het dreigende luchtbeddenoffensief.

Er kwam een man uit het hoofdgebouw. Of liever gezegd, een mannetje. Hij droeg een grote schoudertas en keek om zich heen. Het Italiaanse meisje met het zwarte haar zwaaide naar hem en riep iets. Hij stevende op haar af.

De vrouw met de duikbril dreef inmiddels. Haar man hield haar handen vast en zwom achteruit. Twee *aliens* tegenover elkaar. Achter hun rug begon de luchtbeddenrace. De kinderen schreeuwden en het water spatte alle kanten op. De vrouw schrok vreselijk en klemde zich aan haar man vast. Ze verdwenen onder water. Een prachtige, liefdevolle dood. Maar de man kon nog net met zijn ene hand het trapje in de hoek vastpakken en een moment was dat het enige wat er van hem te zien was. Jeroen richtte zich op en keek met ingehouden adem naar het trapje aan de overkant. Ze kwamen weer boven. De vrouw hees zich het trapje op en klom op de kant, terwijl haar man vermoeid aan de spijl bleef hangen.

In de Italiaanse hoek was het mannetje op een van de ligbedden gaan zitten. Als de vrouwen fotomodellen waren, zou het de fotograaf kunnen zijn. Ze praatten met elkaar en het mannetje keek op zijn horloge. Hij stond op en de vrouwen volgden zijn voorbeeld. Met zijn drieën liepen ze langs het zwembad naar het hoofdgebouw.

Maar dat haalden ze niet.

6

Het vuilwitte bestelbusje reed met een rustig gangetje over de boulevard. Christan en Arnesto zaten zo op het oog heel relaxed voorin. Arnesto had het raampje aan zijn kant opengeschoven en leunde met zijn elleboog op de rand van het portier. Hij keek naar de ronding van de baai en de bootjes in het water. Een vakantieparadijs.

Santin keek door het raampje in de achterklep naar buiten. Het drukkende gevoel in zijn borst ging niet weg. De boulevard was vol mensen, die zonder haast over het brede trottoir kuierden. Twee vrouwen kwamen een winkeltje uit. Een van hen droeg een wit tasje, met iets dat ze net gekocht hadden waarschijnlijk. Santin onderging de vreemde sensatie dat hij vanaf zijn plek naar een andere wereld zat te kijken. Hij wenste opeens vurig, dat hij dáár was en niet achter in het busje. Dat hij op zijn gemak met een meisje langs het water kon wandelen, van de zon kon genieten. Hij zou in een opwelling zo de achterklep open kunnen gooien om naar buiten te springen. Van de hel naar de hemel. Van de pijn naar het geluk. Maar toen gingen zijn gedachten naar zijn vader in de gevangenis. Hij keek naar het droevige gezicht van Valeo. En hij wist dat er veel te veel was wat zijn geluk in de weg stond. Hij zou er zelf voor moeten vechten. Letterlijk.

Een zweetdruppeltje kroop onder zijn haar uit en gleed langs zijn wang naar beneden. Palos grijnsde goedkeurend.

'Dat brengt de adrenaline op gang,' zei hij. 'Heel goed, jongen.'

Het busje remde om het verkeer van rechts voorrang te geven. De derde auto was een jeep van het leger.

De knokkels van Christans handen aan het stuur werden wit. Het zou kunnen dat ze zomaar aangehouden werden, zonder reden.

Dat gebeurde vaak. Open die auto, alles eruit. De vloerbedekking eruit en de stoelen omhoog. Alleen maar om de schrik erin te houden.

Zwijgend zaten Arnesto en Christan naast elkaar, de jeep met hun ogen volgend. De blikken van de gehelmde mannen gleden routineus over de mensen op de trottoirs en het busje dat keurig stond te wachten. Ze ondernamen geen actie en de jeep draaide de boulevard op, in tegengestelde richting. Christan trok op en reed even later het pleintje op waaraan het Royal Star Hotel stond. Hij passeerde de hoofdingang en reed een smal steegje naast het hotel in. Aan de achterkant van het ommuurde complex was een deurtje. Met enige moeite parkeerde Christan het busje tussen twee andere auto's en zette de motor af. Een halve minuut bleef iedereen doodstil zitten. Het steegje achter hen bleef leeg. Arnesto stapte uit en opende de achterklep. Geluidloos stapten de vier mannen uit. De uzi's dreigden, maar er was nog geen doelwit. Christan sloot zacht het portier aan zijn kant en liep om het busje heen.

'Denk aan wat ik gezegd heb,' zei Arnesto zacht. 'Snelheid en geen aarzeling. Het restaurant.' Hij liep naar de hoge muur en de anderen volgden. Het deurtje was open. Arnesto bromde goedkeurend en ze gingen naar binnen. Het steegje bleef leeg en uit niets bleek dat iemand hen gezien had.

Jeroen keek nog in de richting van het hoofdgebouw, toen hij werd opgeschrikt door de hoge gil van een vrouw links van hem. Hij draaide zich om en zag in een flits dat een paar mannen de hoek omgekomen waren. Een seconde was hij bezig te bedenken dat het vreemd was dat ze daar liepen, omdat het duidelijk geen hotelgasten waren, toen hij tot zijn verbijstering zag dat ze gewapend waren. Twee van de mannen liepen snel naar de andere kant van het zwembad en schreeuwden tegen de mensen die in het water waren. Bijna niemand verstond ze, maar de gebaren die ze met hun machinepistolen maakten, waren duidelijk. Zo hard mogelijk schreeuwden ze en het klonk angstaanjagend. Ze joegen iedereen het water uit. Als in een droom zag Jeroen de twee kinderen met hun luchtbedden naar de kant komen. Een man die baantjes aan het trekken was, zwom naar het trapje. De kreten weerkaatsten tegen de muren van het hoofdgebouw en overstemden alle andere geluiden. De vrouw die gilde zweeg abrupt, toen een van de mannen zijn uzi onder haar neus hield. Hij schreeuwde tegen haar en gebaarde dat ze moest opstaan. Verstijfd van schrik deed ze wat hij zei. Iederéén deed wat de mannen zeiden: de kinderen en de man in het zwembad, de Italiaanse fotomodellen en hun fotograaf, het echtpaar met de zwembrillen en de oma met haar dochter. En Jeroen.

De vader van de kinderen was maar een kort moment besluiteloos. Toen draaide hij zich bliksemsnel om en rende naar de hoek van het dichtstbijzijnde gebouw. Op datzelfde moment verschenen zijn twee lijfwachten. In een oogwenk overzagen ze de situatie en ze trokken hun pistool. Een van de overvallers, een man met een opvallend bleek gezicht, schreeuwde en wees naar de wegrennende vader. Hij vuurde vanaf zijn heup en een stroom kogels vloog over het zwembad. Het was het meest verschrikkelijke geluid dat Jeroen ooit gehoord had en hij schreeuwde van schrik. Gek genoeg kon hij toch het inslaan van de kogels in het gebouw horen.

De man werd zo te zien niet geraakt en hij verdween om de hoek. Zijn lijfwachten renden hem achterna. De eerste haalde de hoek en verdween. De tweede bereikte de hoek ook, maar vlak ervoor keerde hij zich nog een keer om en richtte zijn pistool. Van drie kanten werd er geschoten en hij viel als een blok neer.

Toen de echo's van de schoten waren weggestorven, stond iedereen die bij het zwembad was op een kluitje bij elkaar, ontredderd en sprakeloos, met de overvallers eromheen. De overvallers begonnen weer te schreeuwen. Ze duwden hun slachtoffers ruw en haastig in de richting van het restaurantgebouw. Jeroen struikelde een paar keer, maar kon op de been blijven. De paniek kwam razendsnel opzetten. Hij wilde niet met de schreeuwende mannen mee. Hij wilde wegrennen. Weg van hun wapens en dan met één sprong over de muur. Maar er was geen ontkomen aan. De wapens waren overal om hem heen. Een van de overvallers rende vooruit en verdween door de deur. Even later was de rest van de groep daar ook.

We worden allemaal neergeschoten, dacht Jeroen.

'Nee, nee!' schreeuwde hij. Om hem heen hoorde hij nog meer kreten en hij zag hoe andere slachtoffers ook schreeuwden. De twee Franse meisjes gilden met hoge stemmetjes. Alles bij elkaar was het een storm van protest, die op zee te horen moest zijn.

Ze waren bij het restaurant aangekomen en iedereen werd naar binnen gesleurd. Jeroen ging als laatste naar binnen en keek nog één keer om. Het zwembad was leeg. Bij de hoek van het achterste gebouw lag het lichaam van de neergeschoten lijfwacht. Roerloos, daar waar het gevallen was.

In films vielen de slachtoffers altijd langzaam, met schokkende bewegingen. Als in een dans. Maar zo ging het dus niet. Als je werd neergeschoten was er maar één richting: naar de grond, in één keer. Jeroen kreeg een laatste, harde duw, en toen was hij binnen. De deur achter hem ging dicht. Hij sloot zijn ogen en wachtte op het einde.

Een paar honderd meter verderop keken Edith en haar moeder elkaar even aan toen ze knallen hoorden, ergens achter hen.

'Was dat nou vuurwerk?' vroeg Edith.

'Midden op de dag?' Haar moeder schudde haar hoofd. 'Dat lijkt me sterk.'

Ze keken om zich heen. Een paar mensen hadden zich omgedraaid en luisterden. Maar er was niets abnormaals meer te horen. De mensen op de boulevard liepen door. Edith en haar moeder ook. Een eind verder bleven ze staan bij een winkeltje waar ze leren tassen en riemen verkochten, en T-shirts.

'Even binnen kijken,' zei Ediths moeder. 'Ik wil iets hebben dat van het eiland is. Iets authentieks.'

'Een authentiek souvenir.' Edith rimpelde haar neus. 'Dat is toch allemaal nep.'

'Niet altijd. Dat mooie T-shirt daar.' Haar moeder liep al naar binnen en Edith ging mee. Het T-shirt was wit, met in sierlijke, gouden letters *Canthaar* op de voorkant. 'Echt zonnig, vind je niet?' Ze wenkte de verkoper en even later verlieten ze, een wit T-shirt en allebei een armbandje rijker, het winkeltje. Net op tijd om te zien hoe verschillende mensen met een sprong nauwelijks het vege lijf konden redden. Twee jeeps kwamen aanrazen over de boulevard, zonder voor wie dan ook uit te wijken. Het was een wonder dat er niemand geraakt werd.

Edith keek de jeeps verontwaardigd na en ze zag dat ze een eind verderop links afsloegen.

'Ze gaan naar het hotel,' zei ze verbaasd. 'Wat zou er aan de hand zijn?'

'Niet iets met ons.' Haar moeder haalde haar schouders op. 'Waarschijnlijk een hoop drukte om niks. Zullen we wat gaan drinken?'

Edith keek nog even naar de hoek waar de jeeps verdwenen waren. Op de boulevard hernam alles weer zijn loop. Geen nieuwe jeeps en geen rennende mensen meer.

Een eindje verderop was een terras aan het water, met vrolijk gekleurde kleedjes op de tafeltjes, in dezelfde kleur als de parasols. Ze gingen zitten en bestelden ijsthee.

'Ik vind al die soldaten op straat maar niks,' zei Edith. 'Het kan wel zijn dat het hier rustig is, maar als het zo moet...'

Er kwam een vissersboot aanvaren. Op zo'n tweehonderd meter van de kust ging het anker uit en een man klom in het roeibootje dat achter de vissersboot hing. Een klein bootje, in heldere kleuren geschilderd. Geel en wit. Een visser die terugkwam van zee. Hij had alleen geen vis gevangen. Hij roeide naar de oever en trok het bootje op het stenige strand. Kinderen speelden in het water en aan het tafeltje naast Edith en haar moeder was een jong stel foto's aan het bekijken. Er stond bijna geen wind en het was warm. Maar omdat de lucht droog was, was het goed uit te houden.

'Kijk nou toch,' zei Ediths moeder. 'Zo fantastisch als het hier is.

Als je nou gewoon eens probeert ervan te genieten. Sommige problemen kun je toch niet oplossen.'

Edith zuchtte. Dat was natuurlijk zo. Maar het zat nu eenmaal in haar. Nadenken over dingen. Onrechtvaardigheid, macht en geweld. Oorzaak en gevolg.

De ijsthee was lekker koud. Opeens dook het gezicht van Canto op in haar gedachten. Zijn prettige stem en de vanzelfsprekende manier waarop ze met elkaar hadden zitten praten. Ze zou hem graag nog eens tegenkomen en onwillekeurig keek ze om zich heen of ze hem zag.

Hij was een mooie man, met lieve ogen. Helemaal niet wat je zou verwachten als je hem in zijn uniform zag, met zijn zonnebril op. Ze glimlachte.

'Waar denk je aan?' vroeg haar moeder. 'Iets moois?'

'Hoezo?' Edith keek haar vragend aan.

'Zo keek je.'

'Nou, dat verbeeld je je waarschijnlijk maar.'

'Je was laat terug, gisteravond.'

'Het was erg fijn aan de boulevard.'

'Toch vond ik het geen prettig idee. Ik was de hele tijd bang dat je lastiggevallen zou worden.'

'Door wie dan?'

'Dat begrijp je best.' Ediths moeder slurpte door haar rietje het laatste beetje ijsthee uit het glas. 'Ze zijn hier nogal warmbloedig, vermoed ik.' Ze keek naar twee mannen die langsliepen over de boulevard. Donker en slank. Zich makkelijk bewegend, zonder haast.

'Vind jij de mannen hier mooi?' vroeg Edith.

'Nou, zeg.' Ediths moeder keek verontwaardigd. 'Wat denk je wel van me?'

'Ik zag je heus wel kijken net.'

'Kijken?'

'Daarnaar.' Edith wees met haar glas in de richting van de twee mannen.

'Geen haar op mijn hoofd,' zei haar moeder.

'Ze keken anders wel naar jou.' Edith lachte. 'Maar goed: ik ben niet lastiggevallen, als dat je geruststelt.'

Op dat moment kwamen voor de tweede keer jeeps met grote snelheid de boulevard op, dit keer gevolgd door een truck zonder zeil over de laadbak. Zwarte helmen in de jeeps en achter op de truck. De mannen hielden zich vast aan de stangen. De wagens scheurden langs en gingen ook deze keer bij het pleintje van het hotel linksaf.

'Er is iets aan de hand,' zei Edith ongerust. 'Bij het hotel.'

'Dat hoop ik niet.' Haar moeder had zich omgedraaid en keek naar de straathoek.

'We moeten gaan kijken,' zei Edith. Ze stond op.

Haar moeder legde haastig wat kleingeld op het tafeltje. 'Ze zijn misschien doorgereden,' zei ze. 'Alleen maar lángs het hotel.'

Ze liepen haastig over het trottoir. De mensen om hen heen waren onrustig geworden. Een paar mensen die ook in het hotel logeerden, liepen net als zij in de richting van het hotelplein.

Edith wilde oversteken, maar ze moest opzij springen toen nog een truck met soldaten passeerde.

Ze zetten het op een hollen, net als meer mensen. Toen ze de hoek van het pleintje omkwamen, zagen ze de wagens voor het hotel staan. Soldaten sprongen van de laatste truck en verdwenen in de smalle straatjes. Edith en haar moeder haastten zich naar de ingang, maar ze werden tegengehouden door twee militairen met het wapen op de heup. Geschokt keken ze de mannen aan.

In het restaurant hing een uitermate gespannen sfeer. Het geschreeuw was voorbij, maar de angst was de baas. Ze moesten allemaal aan tafeltjes gaan zitten en iedereen volgde sprakeloos de bevelen op.

Jeroen durfde zich nauwelijks te bewegen, maar keek toch voorzichtig om zich heen. De twee Franse meisjes zaten aan een tafel en staarden met witte gezichtjes en grote ogen naar de mannen met hun wapens. De kinderen van de man die ontsnapt was, zaten bij hun moeder. Het meisje zat bij haar op schoot en de jongen zat bij zijn oma. Van zijn bravoure was niets meer over. Het duo Duikbril zat aan een andere tafel, naast het echtpaar waarvan de vrouw zo gegild had. Zelfs de Italiaanse fotomodellen waren stilgevallen. Aan die met het zwarte haar was te zien dat dat niet lang zou duren. Ze zat zich vreselijk op te winden. Maar het machinepistool op de heup van de man vlak bij hen hield een uitbarsting tegen.

Een van de overvallers, een lange man, praatte zacht met degene die naast hem stond. Jeroen keek naar de andere vier, en een van hen kwam hem bekend voor. Dat moest haast verbeelding zijn. Het was een jonge man, veruit de jongste van allemaal. Hij stond bij de deur naar het zwembad. Zijn wapen bewoog onrustig van links naar rechts, totdat hij Jeroen een kort moment aankeek. En toen wist Jeroen het weer: het was de jongen die hij de vorige avond op de boulevard tegengekomen was. De jongen die drie keer opzij stapte om te kunnen passeren. Ze hadden geglimlacht naar elkaar. Een vriendelijk moment. En nu was er dat wapen. Jeroen wist niet of de jongen hem ook herkend had.

De lange man ging midden in het restaurant staan zodat hij iedereen kon zien en iedereen hem. Het machinepistool hing over zijn schouder en in zijn broeksriem was een pistool zichtbaar. Hij ging een toespraak houden.

'Ladies and gentlemen,' zei hij met een hoge, lichte stem. 'Welcome to this nice restaurant. I am sorry for disturbing you, but we need you. If you do what we say, we will not harm you. Please, keep as quiet as possible. Thank you for your attention.' Hij deed een paar stappen terug.

Onwerkelijk was het. Na al het geschreeuw was dit een belachelijke tegenstelling. Het leek wel of hij een toneelstukje stond op te voeren op een schoolavond.

Het bleef stil. De man zei iets tegen een van de andere overvallers, een al wat oudere man. Die knikte en verdween in de keuken. De lange man liep naar een telefoontoestel dat aan de muur hing. Hij toetste een nummer in en wachtte. Op dat moment zag

Jeroen het meisje van de bar binnenkomen. Niemand legde haar iets in de weg. Ze werd daar verwacht. Ze keek naar de jongen bij de deur en glimlachte naar hem en hij glimlachte terug. Hij zei iets en het enige dat Jeroen verstond, was haar naam.

Ze liep naar de man bij de telefoon en zei iets tegen hem. Hij schudde zijn hoofd en bleef luisteren. Er werd aan de andere kant opgenomen en hij begon te praten. Het zag eruit als een doodgewoon gesprek. Er was niets van te verstaan. Jeroen keek weer naar het meisje dat Maria genoemd werd. Ze wachtte. Ook de rest van de overvallers stond doodstil te wachten en te luisteren. Het Italiaanse meisje met het zwarte haar fluisterde iets, en het andere meisje schudde haar hoofd. Verder was iedereen stil. Het telefoongesprek was afgelopen. De man hing de hoorn weer aan het toestel. Hij zei iets op boze toon en de anderen bleven stil. De man die het eerst geschoten had, werd nog bleker dan hij al was. Hij vertrok zijn gezicht, of hij pijn had. Toen keek hij naar de oma met haar dochter en haar kleinkinderen en hij zei iets tegen hen. Zijn stem was schor van kwaadheid.

De oma zei iets terug, op harde en rauwe toon. De haat in haar ogen was minstens zo groot als die van de bleke man. Hij deed een paar stappen naar haar toe en zette zijn machinepistool tegen haar hoofd.

7

Met een wapen ben je altijd de baas. Niemand durft iets te doen. Santin genoot van het gevoel van macht dat hij had en tegelijkertijd was hij er bang voor. De uzi in zijn handen was een stuk van hemzelf geworden. Hij had geschoten op de man bij het zwembad en hij had hem zien vallen. Er trok een huivering over zijn rug als hij eraan dacht. Hij was niet de enige geweest en hij wist niet of hij hem geraakt had. Het beeld van de vallende man ging niet uit zijn hoofd. Had híj het gedaan? Had híj iemand gedood? Zijn hoofd tolde. Hij was een strijder geworden, vechtend voor de vrijheid, en nadat hij geschoten had, kon hij niet meer terug. Maar de kilte die volgde op het neerschieten van iemand was iets waarop hij niet gerekend had.

Hij keek naar de mensen die ze gegijzeld hadden. Aan een van de tafeltjes zaten twee van de mooiste meisjes die hij ooit gezien had, in gezelschap van een klein mannetje. Santins onderbuik trok samen toen hij bedacht dat hij ook over hen de baas was.

Die jongen aan een tafeltje alleen herkende hij meteen. Die was hij gisteren op de boulevard tegengekomen. Eén moment keken ze elkaar aan en daarna lieten hun blikken elkaar weer los. Had hij maar thuis moeten blijven. Over die jongen voelde hij zich niet schuldig.

Maria kwam binnen. Ze glimlachte naar hem en het machinepistool in zijn hand was er even niet. Geen onderdrukking, geen gijzeling. Geen dode man bij het zwembad. Maria.

Het was maar een kort moment. Arnesto had de hoorn opgehangen en zijn gezicht stond somber.

'Lanzaru is ongedeerd,' zei hij.

Valeo gromde van woede. Hij liep naar het tafeltje waar de kinderen en de vrouw van Lanzaru zaten.

49

'Die laffe klootzak,' zei hij. 'Laat zijn gezin in de steek en redt alleen maar zijn eigen hachje. Ik spuug op hem.'

'Stuk vuil.' De schoonmoeder keek hem minachtend aan. 'Vrouwen en kinderen pakken, dat kunnen jullie. Wie is er hier laf?'

Santin was ervan overtuigd dat haar laatste uur geslagen had. Valeo zette de loop van zijn wapen tegen haar hoofd. De tijd stond stil. Santin zag, als in een vertraagde opname, hoe de knokkels van Valeo's vinger aan de trekker wit werden.

De stem van Arnesto redde het leven van de vrouw, voor dat moment in ieder geval. Santin keek naar het gezicht van Valeo. Hij zag alleen maar zwarte woede in zijn ogen, totdat die plaatsmaakte voor leegte. Valeo deed een paar stappen terug en de loop van het wapen wees recht omhoog. Hij haalde de trekker over. De kogel sloeg in het plafond en stukken kalk kwamen omlaag. De knal was oorverdovend en de kinderen gilden.

'Ik moet erdoor,' zei Ediths moeder, maar de soldaten schudden hun hoofd en duwden haar terug.

'That is our hotel.' Edith wees naar de hoofdingang. 'What has happened there?'

Een van de soldaten zei iets in zijn eigen taal. Ze verstonden het niet, maar zijn stem en zijn houding waren duidelijk. Ze mochten er niet door.

Ze keken om zich heen. Iedereen werd tegengehouden en er kwamen steeds meer mensen aanlopen. Er kwam een militair uit het hotel. Sterren op zijn kraag. Hij riep een bevel naar de soldaten die nog op het pleintje waren en ze begonnen iedereen verder terug te dringen, het pleintje af. Edith wilde blijven staan.

'My brother is in the hotel!' riep ze. 'Let me go.'

Een van de soldaten duwde de zijkant van zijn wapen tegen haar borst en dwong haar achteruit.

'Kutsoldaat!' riep Edith. 'Blijf van me af!'

'Edith, toe.' Haar moeder trok aan haar arm. 'Je maakt hem kwaad.'

'Hij maakt míj kwaad!' Edith keek woedend naar de soldaat

tegenover haar, maar die keek niet eens terug. Hij duwde alleen maar.

'Die man doet alleen maar wat hem gezegd wordt,' zei Ediths moeder. 'We moeten bij die ander zijn.' Ze trok Edith mee naar de man met de sterren op zijn kraag. 'What is wrong?' vroeg ze aan hem. 'Why can't we go in?'

De officier riep nog een bevel naar zijn soldaten. Toen keek hij Ediths moeder even aan. 'Terrorists,' zei hij kortaf. 'You have to leave.'

'Terrorists?' Edith en haar moeder keken hem verbijsterd aan.

Op dat moment kwam uit het hotel het geluid van een schot. De soldaten begonnen als mieren heen en weer te rennen. De officier draaide zich weer om en schreeuwde zijn bevelen over het plein.

'Jeroen is nog binnen,' zei Edith.

'O, god.' Haar moeder sloeg een hand voor haar mond. Een van de soldaten kwam weer naar hen toe en ze liepen achteruit in de richting van de boulevard. Aan de voorgevel van het hotel was niets te zien.

'Wat moeten we doen?' zei Ediths moeder wanhopig. 'We moeten erheen.'

'Even rustig.' Edith probeerde haar adem onder controle te krijgen en sloeg een arm om haar moeder heen. 'Misschien is hij oké. Misschien was hij net weg. We weten niet precies wat er gebeurd is.'

'Maar er is geschoten! Daarnet ook al.'

'Waar is papa? Kunnen we hem niet bellen?'

Ediths moeder was totaal van slag. Met tranen in haar ogen keek ze naar de soldaten bij het hotel. 'Jeroen,' zei ze. En nog een keer: 'Jeroen, jochie toch.'

'Mam.' Edith trok aan haar moeders arm en haar stem klonk dringend. 'Hoorde je wat ik zei? Waar is papa?'

'Op de fabriek. Een bespreking.'

'Waar is dat?'

'Ik weet het niet.'

'Allemachtig! Heb je geen telefoonnummer?'

'Nee, wat moet ik met het telefoonnummer van...'

'Zijn mobiel dan.'

Ediths moeder zocht paniekerig in haar tasje. Haar gsm zat onderin, tussen de papieren zakdoekjes en de make-up spullen. Onder haar brillenkoker. Achter haar fototoestel.

'Ik zie hem niet,' jammerde ze. 'Ik heb hem niet bij me.'

'Geef mij maar.' Edith trok het tasje uit haar moeders handen. 'Hier.' Ze haalde de gsm tevoorschijn.

'Benno?' zei haar moeder een paar tellen later toen ze haar man aan de telefoon had. 'Je moet komen. Naar het hotel.' (...) 'Nee, nu! Er zijn terroristen binnen. En Jeroen...' (...) 'Die zit ook binnen.' (...) 'Dat weet ik toch niet!' (...) 'Ja, kom alsjeblieft.'

Over de heuvels achter het hotel kwam een helikopter aanvliegen.

'Doe niet zo ongelofelijk stom!' Arnesto viel woedend uit tegen Valeo. 'Dit is zinloos. Ik wil eerst praten. Zo komen we er niet.'

Valeo zei niets. Met zijn lippen op elkaar geklemd keek hij Arnesto aan. De spieren rond zijn kaken waren gespannen. Het vuur dat tevoren in zijn ogen was opgelaaid, smeulde nu.

Santin keek naar buiten. Het schot moest buiten te horen zijn geweest, maar rond het zwembad bleef het leeg. Christan en Palos hadden zich niet bewogen en keken naar Valeo. Tachis bekeek de nagels van zijn linkerhand. Hij wekte de indruk dat het hele gedoe hem niets interesseerde, maar Santin wist beter. Niemand hield ooit rekening met Tachis. Palos was een woesteling om te zien en Arnesto was lang en opvallend. Tachis' gevaarlijkste eigenschap was dat zijn tegenstanders pas merkten dat hij er was op het moment dat hij toesloeg.

'Ik voer de onderhandelingen,' zei Arnesto. 'En ík geef de bevelen, begrepen?'

Valeo knikte zonder iets te zeggen.

Santin zag bijna letterlijk de wanhoop die om Valeo heen hing en opeens had hij spijt van zijn uitbarsting in de loods, toen hij had gezegd dat Valeo moest ophouden met zijn gezeur. Hij probeerde zich voor te stellen dat er met Maria hetzelfde zou gebeuren als met Zamina. Hij huiverde en keek naar haar. Ze stond nog steeds bij Arnesto, met haar halflange, zwarte haar langs haar wangen en haar donkere ogen achter haar kleine brilmontuur. Ze had zich nauwelijks bewogen.

Hij schudde zijn hoofd. Hoe lang was het geleden dat ze samen op het muurtje bij het water hadden gezeten? Om hen heen het geluid van stemmen en het breken van de kleine golven op het strand. Hun armen die elkaar nu en dan raakten. Zijn grapjes en haar vrolijke lach. Zo vredig en zo ver weg.

Hij hoorde het geluid van een helikopter.

8

Edith keek omhoog. De helikopter maakte een oorverdovend lawaai en vloog rondjes vlak boven haar. Haar moeder riep iets, maar Edith verstond het niet. Ze bracht haar hoofd vlak naast dat van haar moeder.

'Papa komt eraan!' riep die.

Edith keek om zich heen. Ze waren de enigen die nog midden op het plein stonden. Er kwam weer een soldaat naar hen toe. 'Kom.' Edith pakte haar moeder bij de arm en trok haar mee naar de rand van het plein, bij het straatje naar de boulevard. 'We blijven hier staan!' riep ze. 'Dan zien we het meteen als hij eraan komt.' De soldaat keek hen na.

Er stonden nog meer mensen en ze zag dat het alleen nog maar toeristen waren. De eilandbewoners hadden zich allemaal uit de voeten gemaakt, alsof ze niets te maken wilden hebben met wat er gebeurde.

Ediths moeder zei niets meer. Het leek wel of ze gehypnotiseerd was. Ze staarde voor zich uit en streek onafgebroken over haar onderarmen. Liefkozend bijna. Haar lippen bewogen. Edith hoorde niet wat ze zei, maar ze zag dat ze de naam van Jeroen aan één stuk door herhaalde. Haar moeders mascara liep in verticale strepen over haar wangen.

Edith pakte een tissue uit haar tas en probeerde het gezicht van haar moeder zo goed en zo kwaad als het kon schoon te maken. Zelf voelde ze zich rustiger, op dat moment wel tenminste.

Het plein was nu zo goed als leeg. Alleen de jeeps en de trucks stonden er nog. De officier stapte in een van de jeeps en praatte in een mobilofoon. Bij de deur werden drie soldaten in een kogelvrij vest gehesen. Ze controleerden hun helm en hun wapen en gingen de draaideur door. Edith besefte dat het leger mis-

schien zou proberen de terroristen aan te vallen. Dan zou er geschoten worden. Ze bedacht wat er met Jeroen zou kunnen gebeuren, maar ze schudde heftig haar hoofd. Die beelden wilde ze
niet.

Er klonk een sirene van een naderende politieauto en even later
scheurde hij het plein op, gevolgd door de bekende zwarte Mercedes met de geblindeerde ramen. De wagen stopte met piepen-
de banden en de chauffeur stapte uit. Het was Canto. Hij keek
het plein rond en zijn blik ontmoette die van Edith. Heel even,
bijna onmerkbaar, vonkte er iets in zijn ogen, maar het ging zo
snel dat ze zich afvroeg of het er echt geweest was.

Toen slaakte ze een zucht van verlichting: haar vader stapte uit.

Jeroen zat nog steeds op dezelfde stoel. Hij moest heel erg nodig
naar de wc, maar hij durfde het niet te vragen. Hij wilde dat hij
onzichtbaar was en dat niemand naar hem zou kijken.

De twee Franse meisjes waren heel erg bang. De oudste keek met
angstig starende ogen naar de woesteling met de ruige baard, die
tegenover haar stond. Haar zusje huilde zonder geluid. Dikke
tranen rolden over haar wangen. Jeroen had niets met kinderen.
Hij begreep ze niet en ze maakten te veel lawaai. Maar nu had hij
opeens de neiging om naar ze toe te gaan en ze te troosten. Even
een lachje of een aai over hun bol. Het leidde heel even de aandacht af van zijn eigen angst. Hij bleef zitten.

De twee echtparen zaten aan tafeltjes naast elkaar, in hun nog
vochtige badkleding. De vrouw met watervrees had haar duikbril
op haar voorhoofd geschoven. Ze zag er belachelijk uit, maar
niemand lette speciaal op haar. Ze klemde de hand van haar man
vast. De andere twee zaten alleen maar, net als de Italiaanse modellen en hun fotograaf.

De leider van de overvallers zei iets tegen de anderen en liep
toen weer naar de telefoon. Hij toetste een nummer in. Maria
stond nog steeds op dezelfde plaats. Ze keek naar de grond en
wachtte.

De man praatte. Jeroen verstond het niet, maar hij zag hoe de anderen gespannen stonden te luisteren. Bij het zwembad was nog steeds geen teken van leven. De neergeschoten man had zich niet bewogen. Hij was waarschijnlijk dood.

In films werden aan de lopende band mensen doodgeschoten en dat waren Jeroens enige aanrakingen met de dood. Wat hij nu meegemaakt had, was afschuwelijk. Hij bleef de beelden van de vallende man zien. Leven en rennen. En meteen daarna zijn lichaam stuk en dan de dood. Midden in zijn leven.

Hij verschoof op zijn stoel. Hij hield het niet lang meer. Hij keek naar de Italiaanse meisjes tegenover hem en net op dat moment kruiste zijn blik die van degene met het donkerblonde haar. Een kort moment keken ze elkaar aan en Jeroen verbeeldde zich dat hij even een lachje om haar mond zag. Van de zenuwen misschien. Of het was bemoedigend bedoeld. Onwillekeurig. Het mannetje naast haar zat ineengedoken op zijn stoel. Hij wilde zich nog kleiner maken dan hij al was. Zijn tas lag op zijn schoot. Het telefoongesprek duurde lang. Van het gezicht van de man viel weer niets af te lezen. Zijn stem klonk vlak. De anderen bewogen zich niet. Buiten was de helikopter een stuk hoger gaan vliegen en het geluid was te verdragen.

Jeroen keek nog eens naar de tafel van de Italiaanse schonen, en weer keek het donkerblonde meisje hem aan. Zijn hart sloeg een slag over. Het duurde iets langer dit keer en er fietste een schokje door zijn maagstreek. Toen wendde ze haar ogen af. Hij voelde weer dat zijn blaas op knappen stond en deed zijn knieën over elkaar.

Het telefoongesprek was afgelopen. Buiten verdween de helikopter en dat was een verademing. Ze konden elkaar weer horen ademhalen. De lange man keek rond en zei iets tegen Maria. Ze liep naar de deur van de keuken. Toen ze langs Jeroen kwam, probeerde hij haar blik te vangen, maar ze keek recht voor zich uit. Na een tijdje kwam ze terug met een paar stukken papier en een balpen. Ze legde alles op een leeg tafeltje.

'I want everyone to write his name on this paper,' zei de lange man. 'And your signature.'

'Why?' Jeroen vroeg het zonder na te denken, zomaar ineens.

De man keek hem aan. 'I want to know who you are,' zei hij. 'You are my guests.' Hij wees naar het echtpaar dat het dichtstbij zat. De vrouw stond het eerst op en schreef haar naam op het papier. Daarna kwam haar man, gevolgd door het duikbrilduo. De donkerblonde Italiaanse ging als vijfde. Onwillekeurig had Jeroen dat bijgehouden. Hij wilde weten wat haar naam was.

Maria wees naar de twee Franse meisjes en zei iets tegen de lange man. Hij schudde zijn hoofd. Ze zei nog iets. Hij keek naar de kinderen en dacht na. Toen knikte hij. Jeroen wist niet wat er gezegd was, maar hij zag op Maria's gezicht iets wat op tevredenheid leek.

Hij was aan de beurt. Voor hij zijn naam opschreef, keek hij naar de andere namen. Tot zijn verrassing zag hij dat de eerste twee namen Nederlands waren: Hengeveld heetten ze, A. en C. Hengeveld. De vijfde naam was Francesca Aioli. Hij zette zijn naam en zijn handtekening. De Franse meisjes hoefden niet. De man met de baard zei iets tegen de familie van de gevluchte man, maar ze reageerden niet.

Toen iedereen weer zat, pakte de lange man het papier en bekeek de lijst met namen. Hij keek naar Jeroen. 'Bienstra?' vroeg hij. 'Is that you?'

'Beenstra,' zei Jeroen automatisch. 'Yes.' De man keek hem een tijdje aan, alsof hij over iets nadacht. Jeroen voelde zich opeens onbeschermd en weerloos, en wilde dat hij in een flits kon verdwijnen. De angst kwam weer opzetten en het zweet brak hem uit. Kijk niet naar me, vergeet dat ik er ben. Sla me over.

En toen zei de lange man, tot ieders verbazing: 'And now we will take your pictures.'

'Schoften!' Ediths vader was in alle staten. 'Stelletje terroristen, ze moeten ze allemaal afmaken.'

'Jeroen is waarschijnlijk binnen,' zei Edith. 'Met nog andere gasten. Ze kunnen beter voorzichtig zijn.' Met een rilling dacht ze aan de soldaten die naar binnen waren gegaan.

Haar vader klemde zijn kaken op elkaar en keek naar het hotel. 'Ze moeten iets doen,' zei Ediths moeder. 'Ze kunnen die lui toch niet zomaar hun gang laten gaan?'

Edith keek naar de Mercedes. Canto was weer achter het stuur gaan zitten. Ze zag zijn schaduw door de ruit. Wat zou hij hiervan vinden? Toen merkte ze dat de helikopter hoger ging vliegen en even later verdween. Ze konden weer tegen elkaar praten zonder te schreeuwen.

'Kun jij niet iets doen?' vroeg Ediths moeder aan haar man. 'Jij kent de mensen hier.' Sinds zijn komst was ze iets rustiger geworden, hoewel ze ook nu nog onophoudelijk over haar armen bleef wrijven.

'Ik ken alleen maar mensen van het bedrijf,' zei hij. 'Wat kunnen die nou?' Hij keek naar de officier, die met iemand van het hotel stond te overleggen. 'Kunnen we niet met die man daar praten?'

'De soldaten laten niemand door,' zei Edith. 'Dat hebben we net ook al geprobeerd.'

Haar vader liet zien dat hij gewend was om snel de goede keuzes te maken. Hij liep terug naar de Mercedes en zei iets tegen de schaduw achter de voorruit. Toen pakte hij zijn gsm. Canto stapte uit en liep naar de dichtstbijzijnde soldaat. Hij hield zijn armen een eindje van zich af en toonde zijn lege handpalmen. De soldaat hield zijn wapen laag en luisterde naar wat Canto tegen hem zei. Tot Ediths verbazing liet de soldaat hem passeren en hij liep door naar de officier.

Haar vader kwam weer naar hen toe. 'Ik heb met de fabriek gebeld,' zei hij. 'Ze gaan belangrijke mensen bellen.' Hij keek weer naar het hotel en naar Canto, die met de officier stond te praten. 'Schooiers,' mompelde hij. 'Onschuldige mensen overvallen. Uitroeien dat tuig.'

Canto kwam met de officier naar hen toe en hij wenkte Ediths vader. De officier begon te praten en Ediths vader luisterde. Zo nu en dan vroeg hij iets. Edith kon niet verstaan wat ze zeiden. Ze stonden te ver weg. Ze keek naar Canto. Hij stond op een paar meter afstand en keek voor zich.

De officier draaide zich om en terwijl hij wegliep, praatte hij alweer in een walkietalkie.

'We kunnen hier niet blijven,' zei Ediths vader. 'Dat is te gevaarlijk. We moeten weg.'

'Wat gaan ze dan doen?' vroeg Ediths moeder angstig. 'Schieten? En waar moeten we dan naartoe?'

'We worden opgehaald.' Ediths vader keek naar twee soldaten, die op ongeveer tien meter van hen waren komen staan. 'Het schijnt dat ze het ook op mij gemunt hebben.'

'Hè?' Edith en haar moeder keken hem stomverbaasd aan. 'Op jou?'

'Vanwege de fabriek.'

'De fa... En wie zijn dat dan in het hotel?' Ediths adem stokte. Het kwam opeens heel erg dichtbij.

'Terroristen, dat weet je toch.'

'Maar wat willen ze dan?'

'Weet ik het? Ik heb ze niet gesproken.'

Edith vroeg niets meer. Ze dacht aan Jeroen. Zouden ze in het hotel weten wie zijn vader was? En wat zouden ze dan met hem doen? Ze keek weer naar het hotel. Behalve de soldaten en de voertuigen was er nog steeds niets te zien.

De officier wenkte Canto en zei iets tegen hem. Canto knikte en kwam naar het groepje toe.

'I will drive you,' zei hij. Hij maakte een uitnodigend gebaar in de richting van de zwarte Mercedes.

'Where will we go?' vroeg Ediths vader.

'The presidential palace. President Sonoscu is waiting for you.' Canto hield het achterportier open. Achter hen werd een jeep gestart. Ze stapten in en Canto raakte per ongeluk Ediths arm. Zo zag het eruit tenminste. Edith glimlachte heel even naar hem en toen was er alleen nog maar het luxe interieur van de Mercedes. De wagen keerde en reed de boulevard op. Het was er een stuk stiller. Honderd meter van het plein was een controlepost. Ze moesten wachten. Voor hen stond een gedeukt, blauw autootje. De chauffeur stond ernaast en werd gefouilleerd. Een soldaat haalde een krik en een koevoet tevoorschijn en hield ze omhoog. De chauffeur zei iets. Hij kreeg een harde duw in zijn rug, zodat hij tegen zijn auto aan viel.

'Toe maar,' zei Edith verontwaardigd. 'Moet je kijken.'

'Ik zou me maar stilhouden,' zei haar vader. 'Het is gewoon noodzakelijk, nu zie je het zelf. Moeten we die terroristen dan hun gang maar laten gaan?'

Edith had als antwoord een heel verhaal in haar hoofd, maar ze hield haar mond. Op dit moment was er maar één iemand belangrijk en dat was Jeroen.

De chauffeur van het blauwe autootje was ingestapt en reed door. De Mercedes trok langzaam op en stopte weer. Een soldaat liep naar de chauffeursplaats. Canto draaide het raampje open en liet een pasje zien. De soldaat bekeek het even en knikte, zonder verder in de auto te kijken. Ze konden doorrijden. Edith keek in het spiegeltje, maar Canto's ogen bleven strak op de weg gericht. Hij liet op geen enkele manier merken dat ze elkaar gesproken hadden.

9

Santin zag de verwarring op de gezichten van de gijzelaars, nadat Arnesto had gezegd dat ze op de foto gingen. Ze begrepen absoluut niet waarom dat moest. Santin liep naar een hoek en zette een stoel klaar. Hij hoorde hoe Arnesto uitlegde dat het filmrolletje afgegeven zou worden, zodat de foto's ontwikkeld en afgedrukt konden worden. Zo zou het bewijs geleverd worden dat er gijzelaars gemaakt waren. Samen met de lijst met namen.

Maria had een fototoestelletje uit haar zak gehaald en de Italiaanse meisjes werden als eersten aangewezen. Ze stonden niet meteen op en Palos pakte een van hen bij haar arm. Het was degene met het zwarte haar, die zich al een tijd zichtbaar had zitten opwinden. Dit was net even te veel. Ze sloeg de hand van Palos van zich af en barstte los. Een Italiaans snelvuur dat horizontaal aankwam. Palos staarde haar verbluft aan, terwijl het geweld onverminderd doorging.

'Stronzo! Maiale!' En dan weer een stroom van onverstaanbare kwaadheid, die even plotseling ophield als hij begon, alsof er een radio uitgezet werd. Heel even was het doodstil. Toen haalde ze nog een keer diep adem. 'Porco!' Ze spuwde het hem recht in zijn gezicht.

Het andere meisje had de handen voor haar mond geslagen en keek haar met grote, bange ogen aan. Santin keek naar Palos en zette zich schrap. Die liet dat nooit zomaar met zich doen. Maar Palos deed helemaal niets. Hij stond daar alleen maar en knipperde met zijn ogen.

'Stop!' Arnesto vond het genoeg. Hij schreeuwde niet, maar zijn hoge stem had verbazend veel gezag. Om zijn mond zweefde een licht glimlachje. De Italiaanse zweeg.

'Als het niet nodig is, raak je niemand aan,' zei Arnesto tegen

Palos. Hij gaf Tachis een teken met zijn hoofd. Tachis kwam te-voorschijn uit zijn onzichtbaarheid en maakte een hoffelijk bui-ginkje naar het uitgeraasde fotomodel. Ze stond zonder verder protest op en liep naar Santin, die naast de klaargezette stoel stond. Ze ging zitten. Maria keek door de zoeker van haar foto-toestelletje, toen er iets onverwachts gebeurde.

'No, no!' Het mannetje met de tas stond op. 'No, not good!' Hij gebaarde naar Maria dat ze de foto niet moest nemen.

Arnesto stond in een paar passen naast hem. 'Sorry?' zei hij. 'What is the matter?'

'No good camera,' zei het mannetje. 'No good pictures.'

'What do you mean?' Arnesto keek hem vragend aan.

'These are professional models.' Het mannetje gebaarde naar de twee meisjes. 'That camera is nothing.' Hij maakte een minach-tend wegwerpgebaar. 'I take pictures.'

Santin keek met stomme verbazing naar het mannetje. Zijn En-gels was goed genoeg om te snappen wat hij wilde. Dat was wat, onder deze omstandigheden nog aan je werk denken. Arnesto pakte de tas en zette hem op de tafel. Toen hij hem opendeed, zag hij dat die gevuld was met professioneel fotomateriaal. Hij keek naar de twee meisjes en knikte dat hij het begreep.

'A nice camera,' zei hij.

'Hasselblad.' De fotograaf knikte.

'Allright,' zei Arnesto. 'You can take the pictures. No weapons in there?' Met een glimlachje knikte hij naar de tas.

De fotograaf keek beledigd. 'My camera is my weapon,' zei hij. Hij pakte een lichtmeter uit de tas en koos een goede lens.

Het was een heel onwerkelijke situatie. Jeroen moest onwille-keurig denken aan de schoolfotograaf. Iedereen op een bankje naast elkaar, kijken naar hoe de anderen gefotografeerd werden en wachten op je beurt. Jeroen was een van de eersten. Hij voel-de zich belachelijk in zijn zwembroek. Iedereen keek naar hem, en de leider van de terroristen met extra veel belangstelling. Daar was het weer. Het leek wel of ze hem kenden. Hij wilde dat niet.

Hij keek zo nors mogelijk naar het fototoestel. Dat had hij sowieso gedaan. Hij had er een bloedhekel aan om gefotografeerd te worden. De fotograaf deed gelukkig geen moeite om hem er vriendelijk op te zetten. Geen *cheese*. Jeroen stond op en ging weer naar zijn stoel, zonder naar de aanvoerder te kijken.

De vrouw met watervrees bleef onveranderd haar duikbril op haar voorhoofd houden. Toen ze aangewezen werd, bleef ze zitten, alsof alles haar volkomen ontging. Haar man moest haar aansporen om op te staan. Engelsen, hoorde Jeroen nu. Hij wou dat ze iets omdeed, een badlaken of zo. Ze was wit en lillend naakt in haar onelegante badpak. Ze staarde in de lens en deed geen moeite er iets van te maken. De fotograaf ook niet. Niet bij haar in elk geval. Geen eer aan te behalen.

Voor zijn eigen modellen had hij een andere benadering. Hij lette nauwkeurig op de lichtval op hun gezicht en coachte ze, zodat ze op hun voordeligst gefotografeerd werden.

Jeroen keek naar de gezichten van de overvallers. De jongste was nerveus, dat zag hij. De leider leek op zijn gemak, net als de woesteling met de baard, die zich weer hersteld had van de Italiaanse aanval. De man die geschoten had, hield uitsluitend de monsterachtige oma met haar kroost in de gaten. Hij beheerste zich, maar in zijn ogen was slechts haat te lezen. Iemand om bang voor te zijn. De man die naar de keuken was gegaan, was niet meer teruggekomen.

En dan was er nog die kleine man met de bril. Hij was op een stoel bij de keukendeur gaan zitten. Hij was de toevallige voorbijganger, die alleen maar toekeek.

De Italiaanse die Francesca heette, poseerde professioneel en hooghartig. Ze was trots op hoe ze eruitzag. Toen ze klaar was, en weer naast haar collega zat, pakten ze even elkaars hand vast. Toen waren de vrouw en de kinderen van de man die weg had weten te komen, aan de beurt. Ze hadden zich niet meer laten horen en deden gedwee wat hun gezegd werd, alsof ze voelden dat het minste verzet hun slecht zou bekomen. De oma schommelde naar de stoel en keek in de lens met nauwverholen minachting. Dat zou me een foto worden. Van links naar rechts: nijl-paard in badpak.

De fotograaf werd, als laatste, door Maria op de foto gezet. Daarna draaide hij het rolletje door en legde het in de uitgestoken hand van de aanvoerder.

Die liep weer naar de telefoon, terwijl hij met zijn hoofd naar Maria wenkte dat ze de namenlijst moest pakken. Hij begon te praten en Jeroen wilde dat hij kon verstaan wat er gezegd werd. Misschien ging het over hem.

Hij vluchtte weg, in gedachten. Hij zag het strand van Terschelling voor zich. Een brede zandvlakte tussen de duinenrij en de golven van de branding. Spelende kinderen en midden op het strand een groepje meisjes in een kringetje. Brigit. Hij zag haar lange haar in de wind en hoorde haar lachen. Terschelling was de meest fantastische plek op aarde en hij zou alles willen geven om daar nu te zijn. Het hotel was een zwarte plek vol dreiging geworden, een gevangenis waar hij misschien nooit meer uit kon komen. De meisjes op het strand lachten vrolijk. Een eindje verderop zat een groepje jongens naar hen te kijken. Verdomme.

De lange man was klaar aan de telefoon. Hij pakte het papier met de namen en vouwde het fotorolletje erin. Hij praatte tegen Maria. De toon van zijn stem was dringend en ze keken elkaar recht aan. Hij vroeg iets en ze knikte. Ze had iets vastberadens. De jonge terrorist vroeg ook iets, maar de lange man schudde nadrukkelijk zijn hoofd.

Maria zei iets tegen de jongen. Ze glimlachte geruststellend en ging toen naar de twee Franse zusjes, die dicht tegen elkaar zaten. De kleinste huilde niet meer, maar ze zagen er allebei als verdoofd uit. Maria ging op haar hurken naast hen zitten. Ze praatte zachtjes tegen hen, in het Engels, en ze verstonden het niet.

'Mama, papa,' zei Maria toen en ze wees naar buiten. Ze wenkte met haar hoofd. Dat begrepen ze. Ze keken haar opeens hoopvol aan en Maria lachte. Ze stond op en wenkte weer, terwijl ze naar de deur bij het zwembad liep. De meisjes keken naar de lange man, maar die deed niets. Ze liepen met Maria mee en Jeroen keek hen na. Twee kleine meisjes in bikini, die met hun grote zus naar het zwembad gingen. Maria wilde linksom langs het zwembad lopen, maar op het laatste moment ging ze langs de andere kant. Niet langs het bewegingloze lichaam van de man die neergeschoten was. Achter in de tuin gingen ze bij een van de hotelgebouwen de hoek om en ze verdwenen uit het zicht.

10

De Mercedes had al snel het stadje aan zee verlaten en reed over een goed aangelegde weg het eiland over. De auto werd gevolgd door een van de jeeps, met soldaten erin. Ediths vader vroeg waarom die daar reed en Canto zei: 'Protection.'

Het paleis van de president stond in de hoofdstad, midden op het eiland. Als ze al van plan waren geweest, er eens heen te gaan, dan toch zeker niet op deze manier.

Ediths moeder keek een paar keer door de achterruit naar de verdwijnende huizen van het havenstadje, alsof ze op die manier contact met Jeroen wilde houden. Ze zei niets meer, maar haar mond vertrok zenuwachtig en ze kneep haar handen zo hard in elkaar dat ze ervan trilden. Haar paradijs was veranderd in een spookhol.

'Wat denk je dat die president kan doen?' vroeg Edith aan haar vader. 'Behalve het hotel bombarderen?'

'Edith, toe,' zei haar moeder smekend.

'Ik snap echt niet hoe je daar nu nog zogenaamd grappig over kunt doen,' zei haar vader kwaad. 'Wees blij dat we het zo hoog kunnen zoeken.' Hij keek op zijn horloge. 'En ik verbied je om je ergens mee te bemoeien. Geen opmerkingen, niks.'

'Ik zeg niks meer.' Ze had het niet eens grappig bedoeld, maar ze kon beter haar mond houden. En misschien kon die president echt iets doen. Het kon haar niet schelen wat. Als Jeroen maar niets overkwam. Ze keek nog eens in het spiegeltje van de chauffeur, maar er kwam geen reactie, op geen enkele manier.

Er waren mensen op het land aan het werk. Het was te droog voor grote landbouwbedrijven, maar hier en daar waren toch wat akkertjes waar bonen groeiden of graan. Nu en dan passeerden ze mensen die langs de weg liepen, in de richting van de hoofdstad. Ze zagen er niet vrolijk uit, en maakten een door en door vermoeide indruk. Sommigen droegen een mand op hun hoofd. Het was in de gauwigheid niet te zien wat daarin zat, maar Edith vermoedde dat de mensen op weg waren naar de stad om spullen te verkopen. Wat groente misschien of fruit. Elke keer als Canto claxonneerde, gingen ze gehoorzaam aan de kant en liepen in de berm verder. Voor de rest schonken ze nauwelijks aandacht aan de zwarte auto en de jeep met soldaten erachter.

De bebouwing langs de weg werd dichter. Kleine huizen, met hier en daar een winkeltje of een garage met slordig geparkeerde, zo te zien meermalen opgelapte auto's eromheen. Soms zag Edith kinderen spelen. Kinderen spelen altijd, wat er verder ook gebeurt. En waarom niet? Ze wisten niets van hotelgijzelingen en bestormingen door gewapende soldaten. Ediths leven was helemaal ondersteboven gegooid, en vijftien kilometer verderop wisten ze nog nergens van.

Er voerde een brede weg naar het centrum van de stad. Ze lieten de kleine huisjes achter zich. Aan weerszijden van de weg stonden flats met luxe appartementen en zo nu en dan, verder van de weg af, stond er een grote villa, omzoomd met bomen. Groene eilandjes in het okerkleurige land.

Ze zagen winkels en hotels, met veel glas en staal. De winkelstraat eindigde in een groot plein, met in het midden de onvermijdelijke fontein en de potten met palmbomen. Daarachter liep, achter een metershoog, gesloten hek, de weg door als oprijlaan voor het paleis van de president. Aan weerszijden van de ingang stonden militairen. Hun uniformen waren zwart met zilver en ze droegen glimmende, zwarte helmen. Toeristen filmden het paleis vanuit de verte, maar verder dan het hek kwam niemand.

De Mercedes stopte bij de wachtpost. Uit een gebouwtje bij het hek kwam een soldaat tevoorschijn. Hij tikte op het raampje van de auto. Canto draaide het raampje open en toonde opnieuw zijn pasje. De soldaat bekeek het nauwkeurig en boog zich toen voorover om in de auto te kijken. Hij keek Edith en haar ouders een voor een onderzoekend aan en vroeg iets aan Canto. Die antwoordde en Edith hoorde dat hij hun naam noemde. De soldaat riep iets naar een collega die in de deuropening stond. De man draaide zich om en ging naar binnen. De soldaat bij de auto maakte een gebaar en een van de wachtposten opende het hek. De auto kon doorrijden.

'They know that we have arrived,' zei Canto. 'They are waiting for you.'

Ediths vader knikte. Hij trommelde met zijn vingers op het dashboard en keek met gefronste wenkbrauwen naar buiten. De oprijlaan was kaarsrecht en even later doemde het paleis in volle breedte op. Het was opgetrokken uit okerkleurige steen, zoals de meeste gebouwen op het eiland. Er was veel aandacht besteed aan allerlei versieringen die in steen aangebracht waren. Het gebeeldhouwde balkon boven de ingang had prachtige beelden van leeuwen en roofvogels. Boven op het paleis stond een standaard met daaraan een gigantische vlag. Hij was zwart met zilver en ontvouwde zich bij windvlagen.

Het was totaal onwerkelijk. Weggesleept uit haar vakantie was Edith midden in een strak geregisseerde actiefilm terechtgekomen. En ze had het allemaal best gevonden, als Jeroen maar naast haar had gezeten. Er flitsten beelden door haar hoofd van een driewielertje met een grappig blond jongetje erop. Een indianentent in de tuin. Vakantie aan zee. Jeroen.

Ook bij de trap naar het bordes stonden militairen, in dezelfde uniformen als die bij het hek. Perfect uitgedost, maar onpersoonlijk en dreigend.

De hal van het paleis had muren en een vloer van lichtgroen marmer. Aan een van de muren hing een reusachtig schilderij van paarden in een Engels aandoend landschap. Aan de muur ertegenover hing het portret van een man met grijs haar en een grijze snor, in een zilvergrijs uniform. Verder waren de muren leeg.

Canto was bij de auto gebleven. De bediende die hen in de hal had ontvangen, was door een deur verdwenen. Bij die deur stond de onvermijdelijke soldaat. Niemand zou de president ongemerkt kunnen benaderen.

Onwennig stonden ze met zijn drieën midden in de hal. Het was er doodstil. Van buiten drong geen geluid tot hen door. Ediths vader wipte op zijn voorvoeten en haar moeder stond alleen maar. Edith keek naar de man op het schilderij. Hij maakte een strenge indruk, wat een beetje verzacht werd door zijn grijze haar.

'Waar is iedereen gebleven?' Ze zuchtte. 'Wat is het hier stil.' Onwillekeurig was ze gaan fluisteren.

'Ik mag hopen dat ze al plannen maken om alles op te lossen,' zei haar vader. Hij keek weer op zijn horloge. 'Ik zou het wel weten.'

'Wat dan?'

'Eropaf. Niet aarzelen en geen genade. En zeker niet onderhandelen.'

'Maar ze hebben Jeroen,' zei Edith. 'En wie weet wie allemaal nog meer.'

'Weet je zeker dat Jeroen in het hotel is?' vroeg haar vader. 'Misschien is hij wel naar zee of zo.'

'Daar geloof ik niks van.' Edith dacht even aan de Italiaanse fotomodellen. 'Hij zat bij het zwembad toen wij weggingen.'

'Laffe schoften zijn het,' zei haar vader. 'Vuile terroristen. Onschuldige mensen gijzelen. En waarvoor? Voor een zak geld?'

'Misschien weet die president al iets.'

'Ja, misschien, misschien...'

'Wacht nou maar af.'

De deur waar de soldaat bij stond, ging open en een man kwam de hal in. Hij droeg een eenvoudig, lichtgrijs uniform met een enkele onderscheiding erop. Hij had pikzwart haar en een snor. Voor de rest was hij het evenbeeld van de man op het schilderij. Hij kwam naar het groepje toe en stak zijn hand uit.

'Mr. and Mrs. Beenstra?' Hij schudde Ediths vader de hand en gaf haar moeder een galante handkus. Toen keerde hij zich naar Edith.

'Miss Beenstra.' Hij boog zich over haar hand en keek haar toen aan. Er lag een glimlach om zijn mond, maar zijn ogen waren ijskoud. Edith verstrakte en trok haar hand terug, misschien iets te snel. Deze man kon de crisis misschien oplossen, maar ze voelde een kille weerzin voor hem. Ze sloeg haar ogen neer.

'Charming,' zei president Sonoscu zacht. 'Very charming.' Edith voelde een koude rilling over haar rug gaan. De president maakte een uitnodigend gebaar naar de deur. 'May I invite you?' Hij ging hen voor.

Ze kwamen terecht in een zaal zoals je die in films zag. Twee grote kroonluchters aan een rijkversierd plafond, hoge muren, schilderijen, donkerrode gordijnen, grote spiegels. En op de vloer een zilvergrijs tapijt, dat alle harde geluiden leek op te zuigen. Aan de overkant van een grote open plek stonden fauteuils met lage tafeltjes van pikzwart hout, met zilver ingelegd. Ze zakten weg in de stoelen en de president pakte een zilveren tafelbel. Op het signaal kwam een bediende geruisloos aanglijden. Hij droeg een blad met een zilveren koffie- en theestel en kleine porseleinen kopjes, dat hij neerzette op het grootste tafeltje. De president boog zich voorover en schonk in.

Edith merkte opeens dat er uit verborgen luidsprekers heel zacht muziek klonk. Heel ver weg, als een fluistering achter het behang. Violen vooral. Bach?

'This is a terrible thing to happen,' zei de president. 'I am very sorry. We will solve this problem as soon as possible.'

Op dat moment begon een apparaat dat tegen de muur stond te zoemen. Het was een fax. Er kwam een blad papier tevoorschijn. Sonoscu stond op en liep erheen. Hij pakte het papier en bekeek het. Hij fronste zijn wenkbrauwen.

'Jeroen?' Het klonk als Dzjeron. 'Dzjeron Beenstra?' Hij keek Ediths vader vragend aan.

'My son,' zei die. 'Is he...'

'He is one of the hostages.' Sonoscu volgde met zijn vinger de lijst met namen en fronste nog eens zijn wenkbrauwen, maar hij gaf verder geen commentaar. Er kwamen nog meer vellen uit de fax. Bladen met foto's. Hij gaf het stapeltje aan Ediths vader. Het waren foto's van mensen in het hotel. Allemaal op dezelfde plek gefotografeerd. Edith nam steeds een foto van haar vader aan. Ze herkende de vrouwen van wie ze dacht dat het fotomodellen waren. En de enorme vrouw die bij de man met de gouden kettingen hoorde. En toen Jeroen. Haar adem stokte en ze merkte dat met haar moeder, die naast haar zat, hetzelfde gebeurde. Hij stond er behoorlijk chagrijnig op, maar dat waren ze wel van hem gewend. Zo stond hij altijd op foto's. Belangrijker was dat hij zo te zien ongedeerd was. Edith liet de adem uit haar mond ontsnappen. Ze keek haar moeder aan.

'Hij is oké,' zei ze. 'Het komt wel goed, ik weet het zeker.' Dingen die je zei als je eigenlijk niets wist te zeggen. Om iemand gerust te stellen. Om jezelf gerust te stellen.

Sonoscu belde nog een keer. Tegen de bediende die uit het niets opdook, snauwde hij een bevel. De man verdween even geluidloos als hij gekomen was en een paar seconden later kwam door dezelfde deur een officier in een heel wat uitbundiger uniform dan de president. Niettemin klakte hij zijn hielen tegen elkaar en maakte een buiginkje.

'If you will excuse us,' zei de president tegen Edith en haar moeder. 'This is no business for charming ladies like you.' Hij glimlachte weer even met vluchtige kilte in hun richting en nam Ediths vader mee naar de andere hoek van de zaal. De officier volgde.

Ediths moeder deed een halfslachtige poging om te protesteren, maar het stelde weinig voor, en Edith gebaarde met haar hand dat ze gewoon moest blijven zitten.

'Laat ze,' zei ze. 'Ze luisteren toch niet naar je.'

'Dus hij zit er echt.' Ediths moeder zag grauw van ontzetting. Misschien had ze stilletjes gehoopt dat hij de boulevard op was gegaan, naar de winkeltjes of zo. 'Ik ben zo bang dat ze gaan schieten.'

Edith wilde haar geruststellen, maar ze dacht aan de soldaten die hun kogelvrije vest aangetrokken hadden. Ze zouden niet te lang wachten. En hoe zat dat met die bedreiging van haar vader? Waarom? Vanwege de fabriek? En wat zouden die terroristen doen, nu ze wisten wie Jeroen was? Ze merkte dat haar handpalmen vochtig werden en veegde ze af aan de zijkant van de stoel. 'Drink je koffie op,' zei ze tegen haar moeder. 'Dan voel je je misschien beter.'

Haar moeder schudde vertwijfeld haar hoofd, maar ze boog zich voorover en pakte haar kopje van het tafeltje.

De koffie was aangenaam sterk en ondanks alles genoot Edith ervan. Ze keek de zaal rond. De president wist wat mooi was. Of anders had hij adviseurs die dat wisten. Prachtige schilderijen aan de wand. Dat landschap met die korenvelden zou zomaar een Van Gogh kunnen zijn. Was het misschien ook wel. In een van de spiegels tegenover zich zag ze het beeld van de drie mannen die aan het overleggen waren.

Haar vader was duidelijk erg belangrijk voor de president. Het was heel vreemd hem daar met die twee mannen in uniform in gesprek te zien. Ze had opeens het onaangename gevoel dat ze hem nauwelijks kende. Altijd weg of aan het werk. Aan de andere kant herinnerde ze zich natuurlijk ook die keren dat ze samen gespeeld hadden. Wandelen met de hond in het bos. Vakanties aan zee. Stukken aangespoeld hout teruggooien in de branding, schelpen zoeken en zandkastelen bouwen. Maar nu leek niets meer wat het geweest was. Hij was er wel, maar dan heel ver weg. En met een plotselinge pijnscheut besefte ze opeens weer dat Jeroen er niet was. Haar broertje was in gevaar. Ze maakte haar blik los van de spiegel en keek naar haar moeder, maar van haar viel niet veel steun te verwachten. Die was alleen maar lijfelijk in het paleis aanwezig. Haar gedachten waren vlak bij zee.

11

Toen het echt niet meer ging, had Jeroen tegen de aanvoerder van de overvallers gezegd dat hij naar de wc moest. En toen moest iedereen natuurlijk. Onder bewaking naar de wc, tot aan de deur dan. De toiletten waren niet bij de buitenmuur van het gebouw, dus geen kans om te ontsnappen. Jeroen nam er de tijd voor. Het gevoel van opluchting verdrong even de groeiende angst. Als je blaas leeg was, werd alles toch weer anders.

Maar toen hij klaar was en de deur opende, was het wapen van de jongen bij de deur het eerste wat hij zag. Ze keken elkaar even aan en Jeroen zag iets van nieuwsgierigheid in de blik van de jongen. Weer dat onzekere gevoel dat ze vooral voor hém aandacht hadden. Waarom?

Maria was teruggekomen, zonder de Franse meisjes. Die waren ongetwijfeld vrijgelaten. Ze had verslag uitgebracht aan de aanvoerder. Niet te verstaan natuurlijk. Jeroen keek naar de gezichten van de overvallers. Na het geschreeuw bij het zwembad en het schot in het plafond, was de razernij geluwd. Wat overgebleven was, was een soort kalme vastberadenheid. Maar die stelde Jeroen niet gerust. Die gaf hem het idee dat er iets onafwendbaars in aantocht was. De mannen maakten de indruk dat ze zo langzamerhand de omgeving onder controle hadden. Het zwembad was zichtbaar, en de muur eromheen. Het was een muur waar je zonder al te veel moeite overheen kon klimmen, maar als dat gebeurde, zouden ze het zeker zien. Jeroen dook onwillekeurig in elkaar toen hij bedacht wat ze zouden doen als ze soldaten of politiemannen over de muur zagen komen. Niemand zou zich ergens tegen kunnen verdedigen en ze zouden weerloos zijn. Hij merkte opeens, dat de aanvoerder weer naar hem stond te kijken terwijl hij nogmaals de telefoon pakte. Er was maar één plek waar Jeroen wilde zijn en dat was de andere kant van de muur, weg uit dit donkere gat.

Maria was gaan zitten, aan hetzelfde tafeltje als Jeroen. De jonge terrorist was duidelijk opgelucht geweest toen ze terugkwam. Vanaf zijn plek, nu weer bij de deur naar het zwembad, had hij naar haar gelachen en de ongerustheid was van zijn gezicht verdwenen. Het telefoongesprek was afgelopen en Jeroen merkte dat Maria naar hem zat te kijken.

'Are you allright?' vroeg ze.

'No,' zei hij. 'I want to get out. Why are you doing this? For money?'

Ze keek hem even verbaasd aan en schudde haar hoofd. 'Money is not important,' zei ze.

Iemand zei haar naam. Het was de jongen bij de zwembaddeur. Hij was niet blij met dit gesprek en kwam een paar stappen dichterbij. Maria lachte geruststellend en zei iets terug. De aanvoerder mengde zich in het gesprek. Jeroen zou willen dat alle mensen dezelfde taal spraken. Dit was heel vervelend. Ze hadden het over hem en hij had geen flauw idee wat ze zeiden.

Maar het eind van het liedje was dat de jongen een paar passen terug deed, zij het met tegenzin, en dat Maria bleef zitten waar ze zat. Ze had kennelijk toestemming gekregen om verder te praten, want ze draaide haar stoel naar Jeroen toe. Ze zocht naar woorden.

'This is for freedom,' zei ze. 'We are no criminals. We don't want money. Not for ourselves.'

'I don't understand,' zei Jeroen. 'Freedom?'

Ze haalde diep adem en begon te vertellen. Het viel niet mee om alles te volgen wat ze probeerde uit te leggen. Soms moest ze iets herhalen of ze moest dingen anders zeggen, en Jeroen kwam tot de conclusie dat haar Engels heel wat beter was dan het zijne. Ze praatte rustig, zo rustig mogelijk in ieder geval, want soms kwamen boosheid of verdriet naar boven.

Jeroen luisterde, zoals hij naar een leraar zou luisteren. Het paradijs dat Canthaar tot dan toe voor hem was geweest, liep deuken en krassen op. Hij hoorde over onderdrukking, armoede en gevangenissen. Het was een treurig verhaal, maar hij begreep nog steeds niet, wat híj ermee te maken had.

'Why me?' vroeg hij. 'Why us, I mean.' Hij wees om zich heen. Het was stil in het restaurant. Hij kwam opeens tot de ontdekking dat iedereen luisterde. Niemand gaf commentaar. Jeroen wist niet of de Italiaanse fotomodellen alles konden verstaan, maar ze waren vol aandacht. De oma, met haar aanhang om zich heen, keek nors naar buiten. Ze wekte niet de indruk dat ze luisterde. Misschien sprak ze helemaal geen Engels.

Maria vertelde over de armoede in de sloppenwijken. Over kinderen die niet naar school gingen, maar op straat rondhingen. Over huizen die geen huizen waren, maar hutten en krotten. Over ziektes waar niets aan gedaan werd. Ze vertelde over arrestatieteams en commandogroepjes die huizen binnenvielen of mensen arresteerden. Niet omdat ze misdadigers waren, maar om wat ze hadden gezegd of geschreven. Om hun kritiek op het bewind. En ze noemde een naam: Lanzaru.

De oma, die al die tijd als een levende pindarots op haar stoel had gezeten zonder echt te luisteren, werd opeens wakker. Ze onderbrak het verhaal en barstte los in een stroom van woorden. Haar rauwe stem klonk als een stroom modderig water en Jeroen voelde hoe explosief de sfeer opeens werd. Vanuit zijn ooghoek zag hij hoe de jongen bij de deur in een paar grote stappen naar de vrouw toe kwam en haar met zijn vlakke hand vol in het gezicht sloeg. Hij schreeuwde tegen haar. Ze schreeuwde terug en hij sloeg weer. Toen was de aanvoerder bij hem. Hij trok de jongen achteruit en stuurde hem terug naar zijn plek. Daarna keek hij de vrouw strak aan en zei iets tegen haar, met een stem die gevaarlijk zacht was. Zonder hoorbare emotie sprak hij haar toe. Ze zei niets meer, maar haar gezicht werd bleek. Haar dochter trok de twee kinderen naar zich toe. Ze begonnen allebei te huilen.

De aanvoerder zei iets tegen Maria en de jongen, en wees naar Jeroen.

'You have to help us,' zei Maria. 'They have brought blankets.'
'Who?' Jeroen keek haar niet-begrijpend aan.
'By the door of the kitchen,' zei ze. 'Come.'
Ze stond op en Jeroen volgde haar naar de keuken, samen met de jonge overvaller. De man die al die tijd in de keuken was geweest, kwam nu naar het restaurant. De jongen moest kennelijk zijn taak overnemen. Om tot rust te komen misschien.
De keuken was in alle haast verlaten. Hier en daar lag keukengereedschap en de fornuizen waren niet schoon. De voorbereiding van de lunch was in volle gang geweest en niemand had tijd gehad om het gas uit te doen. Een paar grote pannen stonden te pruttelen en Jeroen rook soep. Hij merkte opeens dat hij honger had. Ook de jongen snoof de geur op en zei hij iets tegen Maria. Er klonk het geluid van afzuigkappen. Jeroen had het gevoel dat hij door een dorp liep dat verlaten was vanwege een naderende natuurramp. Toen ze naar de buitendeur liepen, zag hij rechts een paar grote witte deuren van koelcellen. Er schoten allerlei gedachten door zijn hoofd. Als hij de pan met hete soep over de jongen zou gooien, zou hij kunnen wegkomen. Maria kon hem niet tegenhouden. Hij kon ook de jongen overmeesteren en in een koelcel opsluiten. Hij was goed in judo.
Het waren maar korte flitsen. Het dreigende machinepistool stond elke gedachte aan vechten of vluchten in de weg en Jeroen wist dat de werkelijkheid anders was dan een spannend jongensboek.
Ze waren bij de buitendeur aangekomen en de jongen schoof een paar stevige grendels opzij. Toen drukte hij een beugel omlaag en de deur ging op een kier. Hij ging met zijn rug tegen de muur naast de deur staan en gluurde naar buiten. Hij gaf Jeroen een wenk met zijn hoofd.
'Wat moet ik doen?' vroeg Jeroen.
'The blankets are outside,' zei Maria. 'You must pick them up. They will not shoot you.'
Ze zouden niet op hem schieten. Op Maria en haar vriend wel natuurlijk. De jongen naast de deur maakte een gebaar met zijn machinepistool. Naar buiten.

'Don't run away,' zei Maria. 'When you run, we will shoot a hostage.'

Jeroen keek haar aan. Ze zag er zo gewoon uit, zo helemaal niet gewelddadig, en Jeroen wist dat zij niet zou schieten. Maar de jongen was een tikkende tijdbom. Daarnet, bij de oude vrouw, was hij zijn controle even helemaal kwijt geweest. Hij zou het doen. En de man met de baard ook. En de aanvoerder, zonder twijfel.

Jeroen duwde de deur verder open. Buiten lag een stapel beddengoed. Hij liep ernaartoe en keek om zich heen. Opeens wilde hij dat zijn moeder er was, dat hij naar haar toe kon lopen, zodat ze haar armen om hem heen kon slaan. Maar het eerste wat hij zag, in de schaduw van het hoofdgebouw, was een soldaat die op zijn buik lag, met een geweer in de aanslag. Ook op het dak zag hij beweging en bij de hoek van het keukengebouw. Ze waren omsingeld en niemand kon erin of eruit. Hijzelf zou misschien weg kunnen komen, als hij heel snel was. Maar dat zou iemand het leven kosten. Het beeld van het ene fotomodel flitste door hem heen. Francesca.

Hij bukte zich en pakte de bovenste helft van de stapel op. Toen hij die naar binnen gebracht had, ging hij de rest halen. Op dat moment was daar opeens weer de helikopter. Hij bleef vlak boven het hotel hangen en Jeroen zag een man met een grote videocamera. Zonder na te denken stak Jeroen zijn hand op en zwaaide. Toen pakte hij de rest van de stapel op en ging weer naar binnen. De jongen deed de deur dicht en schoof de grendels er weer voor.

Jeroen merkte dat hij vochtig was van het zweet en zijn adem zat hoog. Het beeld van de soldaten met hun geweer in de aanslag was angstig en onwerkelijk. Er kwam een zenuwachtig lachje omhoog. Het was te gek voor woorden. Midden op een hete dag ga je naar buiten, met een geweer in je rug, om een stapel beddengoed op te rapen, terwijl gewapende soldaten je onder schot houden.

Maria nam één helft van de stapel en wenkte met haar hoofd.

Jeroen pakte de rest en liep haar achterna, op zijn beurt weer gevolgd door de jongen met de uzi. De keuken door, langs de soep, en weer naar het restaurant. Een heel rare optocht, maar ze deden net of het heel gewoon was.

Terug in het restaurant legden ze de dekbedden in een hoek.

De aanvoerder keek Jeroen aan. 'Oké,' zei hij.

'I am hungry,' zei Jeroen.

De aanvoerder vroeg iets aan Maria en ze antwoordde. Toen keek hij rond naar de mensen aan de tafeltjes. Hij wees de Nederlandse man aan en Francesca. Die schrokken allebei hevig, omdat ze niet wisten wat de bedoeling was. Maar hij stelde hen gerust.

'You will help with the food,' zei hij. 'There is plenty in the kitchen.' Hij keek weer naar Jeroen. 'You will help too,' zei hij. Jeroen knikte. Als hij maar wat te doen had, vond hij het best. Alles beter dan stilzitten.

Met Maria en de twee anderen ging hij terug naar de keuken. De jongen ging ook mee. Hij bleef bij de deur staan, zodat hij het groepje kon blijven zien. Maria pakte een paar grote soepterrines uit een kast en daarna een stapel soepkommen. Uit een andere kast kwamen broodjes tevoorschijn. Flessen bronwater stonden in een koelkast.

Fijn in de keuken het eten klaarmaken. Als de uzi bij de deur er niet was geweest, was het bijna knus geworden.

'Ik ben Arnold,' zei de Nederlandse man zacht. 'Wat gebeurt er buiten?'

'Het hotel is omsingeld.' Jeroen pakte een soeplepel van de houten tafel naast het gasfornuis. 'Overal soldaten.'

'Ze komen hier nooit meer levend uit, die klootzakken,' zei Arnold. 'Ze moeten ze allemaal afschieten.'

Jeroen keek opzij. Arnold was een jaar of vijftig. Hij stond er welgedaan bij en hij had het opgegeven zijn buik, die over de band van zijn zwembroek hing, in te houden.

'En wij dan?' vroeg Jeroen. 'Wat denkt u dat ze met ons gaan doen als ze aangevallen worden?'

'Vuile terroristen.' Arnold schoof een soepterrine naar Jeroen toe. Naast hen stonden Maria en Francesca. De Italiaanse hield haar blik neergeslagen terwijl ze hielp met het vullen van nog een schaal.

'Don't talk.' De jongen bij de deur hief zijn uzi met een dreigend gebaar.

'Klootzakken,' fluisterde Arnold nog even snel. Toen volgde hij Maria, die een schaal met soep naar het restaurant bracht. Jeroen gaf Francesca een stapeltje soepkommen. Hun vingers raakten elkaar.

'Sorry.'

'It's allright.' Een lichte blos gleed over haar gezicht. Ze keek hem even aan. 'What is your name?'

'Jeroen.'

'Dzjeroon,' zei ze. 'I am Francesca.'

'I know.' En toen ze hem verbaasd aankeek, voegde hij eraan toe: 'I saw it on the paper.'

'Don't talk,' herhaalde de jongen. Hij wenkte met zijn hoofd. Zijn Engelse woordenschat was waarschijnlijk niet groot.

Ze brachten de soepkommen naar het restaurant en gingen met zijn drieën nog een keer terug voor broodjes en soeplepels.

12

'Ze hebben twee kinderen vrijgelaten,' zei de vader van Edith
toen hij terugkwam. 'Twee kleine meisjes.'
'Dat is tenminste iets.' Edith haalde opgelucht adem. 'Wie zijn
het eigenlijk? Wat willen ze?'
'Geld natuurlijk. Het is gewoon een stelletje criminelen.'
'Alleen geld? Hoeveel?'
'Een miljoen dollar.'
'Een miljoen? Meer niet? En wie moet dat betalen?'
'Ik.'
'Hè?' Edith keek hem stomverbaasd aan. 'Jij?'
'Ja, ik. Het bedrijf in ieder geval.'
'Daar snap ik niks van.' Ediths moeder ontwaakte uit haar ver-
doofde toestand.
'Ze willen gewoon geld, en ik heb het. Het bedrijf dan.'
'En dat is alles?' vroeg Edith.
'Er moeten ook een paar mensen uit de gevangenis vrijgelaten
worden. Terroristenvriendjes van ze.'
'Nou dan.'
'Wat, nou dan?'
'Een miljoen! Dat heb je toch zeker wel? En die paar mensen uit
de gevangenis?'
'Zo makkelijk is dat niet. Als je één keer aan dat soort toegeeft,
doen ze het zo weer.'
'Jeroen zit daar! Je zoon, verdomme!' Ediths moeder barstte op-
eens los. 'Wat interesseert jou dat rottige miljoen nou!'
Ediths vader keek ongemakkelijk voor zich uit. 'Dat geld kan me
ook niet schelen,' zei hij. 'Maar de president zal niet toegeven.
Het gaat om het principe.'
'Principes kunnen me geen reet schelen!' Ediths moeder greep

hem bij zijn stropdas. 'Zeg jij maar tegen die president dat je dat geld betaalt, nu direct.'

'Lise, toe.' Ediths vader pakte zijn vrouw bij de arm. 'Beheers je.'

'Ik beheers me níet! Ik wil dat iemand iets doet! En ze kunnen míj krijgen, in plaats van Jeroen. Laten ze dat maar zeggen tegen die mensen.'

'Die ménsen? Noem je dat mensen? Uitschot is het.'

'Ja, daar schieten we wat mee op, zeg! Hier een beetje gaan staan schelden zonder iets te doen.' Ediths moeder stampvoette van drift en wanhoop, en de tranen sprongen weer in haar ogen.

Op dat moment kwam de president, die samen met de officier weggegaan was, binnen. Hij overzag de toestand en kwam snel tussenbeide.

'I understand, Mrs. Beenstra,' zei hij. 'And I am sorry. We will do everything, I promise.'

'I want my son back.' Ze luisterde nauwelijks naar hem.

'Of course.' Hij keek vragend naar Ediths vader. 'Please, tell her, Mr. Beenstra.'

Ediths vader aarzelde. 'Die lui willen een verklaring van mij,' zei hij toen. Hij keek even snel naar Edith. 'Ik moet verklaren dat de mensen hier uitgebuit worden. Ook in onze fabriek. En dat we dat zullen veranderen.'

'Aha.' Edith haalde diep adem.

'Bemoei je er niet mee. Je weet er niets van.' Zijn blik ging naar rechts. De president stond nog steeds naast hem. 'Laat het nou maar aan ons over. Maar je snapt wel dat die verklaring er niet komt. De president wil er niets van weten en ik ook niet.'

'Jeroen is het enige belangrijke,' zei Edith. 'Daar moet je toch alles voor overhebben? En misschien wórden de mensen hier wel uitgebuit.'

'Begin je weer? Bij ons in het bedrijf werken mensen die dat zelf willen en ze worden gewoon betaald. Praat niet over dingen waar je niets van weet.' Hij maakte een kappende beweging met zijn hand. 'Klaar.'

Edith zei niets. Hij had gelijk. Ze wist er inderdaad niets van. Je kon van alles lezen en horen, maar dat was geen bewijs. In ieder geval niet voor haar vader.

'Jullie worden naar een andere plek gebracht. Een appartementengebouw of zoiets voor werknemers van Canthaar Air,' zei hij. 'Daar kunnen jullie bivakkeren zolang die gijzeling duurt.'

'Ik wil daar niet heen,' zei Ediths moeder. 'Ik wil terug naar het hotel, naar Jeroen.'

'Lieverd, dat kan echt niet.' Ediths vader schudde gedecideerd zijn hoofd. 'Je loopt gevaar.'

'Ik? Hoezo?'

'Omdat je met mij getrouwd bent.' Het klonk zo absurd dat Edith zonder het te willen even in de lach schoot. Maar het was spanning, geen vrolijkheid.

'Ik ga met jullie mee,' zei haar vader. 'Maar het kan zijn dat ik teruggeroepen word. Om bij de hand te zijn als er een beslissing wordt genomen.'

'Dus je gaat die verklaring wél afleggen,' constateerde Edith.

'Ik ga niets doen met als enige reden, dat jíj dat wilt.' Hij keek Edith kwaad aan en het leek alsof er een nieuwe uitbarsting zou volgen. Maar plotseling verzachtte zijn blik. 'Natuurlijk maak ik me zorgen,' zei hij. 'Heel erg. En als het nodig is, ga ík in Jeroens plaats, als ze me hebben willen. Maar we moeten niets overhaast doen. Eerst onderhandelen, tijd rekken. Misschien is er een andere oplossing.'

'Aanvallen zeker,' zei Edith. 'Is de president net zo bezorgd om Jeroen als jij?'

'Er zijn ook gasten gegijzeld die voor de president belangrijk zijn. Mensen van Canthaar zelf. Ze zullen niet zomaar aanvallen, heeft hij gezegd.'

Edith zag de man voor zich die de avond ervoor bij het hotel uit de jeep gestapt was, toen ze daar met Canto stond. Hij had een helm op gehad. Hij was iets in het leger.

'He means trouble,' had Canto gezegd. Ze was de naam van de man vergeten. Wat was er met hem?

'We moeten gaan,' zei Ediths vader. Hij knikte naar de president.

'We will go to the apartments.' Ediths moeder maakte nog even aanstalten om te protesteren, maar toen leek het wel of ze leegliep. Ze liet haar schouders zakken en gaf haar verzet op.

Het was in een oogwenk geregeld. Iemand waarschuwde iemand anders en binnen de kortste keren kwam Canto binnen. Hij maakte een formeel buiginkje en ging hen voor naar de hal. Nagestaard door de grijze president op het schilderij gingen ze naar buiten.

Toen ze net buiten waren, kwam iemand gehaast de brede trap op. Het was de man uit het hotel. De man met de gouden kettingen. Hij was belangrijk genoeg om zomaar het paleis van de president binnen te lopen. Edith probeerde Canto's blik te vangen. Hij keek niet in haar richting en deed een stap opzij om de man door te laten. In niets liet hij blijken wat hij van hem dacht. Toen was de man binnen en ze liepen door.

De Mercedes stond onder aan de bordestrap. Zonder verdere controles reden ze de oprijlaan af en het hek door. De appartementen waren niet ver. De auto verliet de grote winkelstraat en een halve kilometer verder stopte hij weer. Het was een goedverzorgd, zandstenen gebouw met sierlijke balkonnetjes aan de straatkant. Achter in de ruime hal was de lift. Ze stonden zwijgend bij elkaar toen ze naar de vijfde verdieping gingen. Op een galerij aan de achterkant van het gebouw waren vier deuren, met fleurige bloembakken ernaast.

'Fourteen is your apartment,' zei Canto tegen Ediths vader.

'Who is living here?'

'A stewardess. She is in Australia for a couple of days.' Canto maakte de deur open en liet hen binnen. 'My apartment is nextdoor. You can call me if you need something.' Hij wees naar de intercom. 'Just press sixteen.'

Ediths vader knikte kort en keek om zich heen. Canto maakte zijn beleefde buiginkje en verdween. Hij had Edith niet één keer aangekeken. Ze begreep niet waarom en het liefst zou ze hem even alleen spreken. Maar hij was al weg.

Het appartement was niet al te groot. Er was één slaapkamer met een tweepersoonsbed.

'Nemen jullie dat maar,' zei Ediths vader. 'Ik blijf wel hier op de bank.'

'Ga even liggen,' zei Edith tegen haar moeder. 'Misschien kun je wat slapen.'

'Daar geloof ik niks van.'

'Even liggen dan. En een paar druppeltjes valeriaan. Dat heb je toch?'

'Ik wil naar Jeroen.' Als een klein kind zei ze het, maar ze liet zich door Edith meenemen naar de slaapkamer. Ze nam de druppeltjes in en ging op het bed liggen.

Edith ging terug naar haar vader.

'Ik wou dat ik thuis was,' zei ze. 'Een eiland vol soldaten, noem dat maar een paradijs.'

'Die soldaten doen niets.' Haar vader zuchtte ongeduldig. 'Het is de schuld van de terroristen.'

'Misschien staan die wel in hun recht. Het zou toch kunnen dat... Laat ook maar zitten.' Discussiëren had geen zin. Ze zag alleen maar Jeroen voor zich. Misschien opgesloten of vastgebonden. Gewond. Gemarteld. Ze had nog nooit zo naar haar broertje verlangd.

Haar vader reageerde geprikkeld. 'Terrorisme is altijd fout. Geweld gebruiken om je doel te bereiken.'

'Maar je weet niet waaróm ze het hotel bezet hebben.'

'Dat interesseert me nu even niet. Ik wil alleen maar weten wat ze precies willen.'

'Dat weet je toch? Dat heb je gezegd. Je moest een verklaring afleggen over CPI.'

Ediths vader zei niets.

'Ja, toch?' drong ze aan.

'Dat kan ik toch niet zomaar doen? Ik weet niet eens of ze wel gelijk hebben.'

'Ga dat dan na, in de fabriek. Doe iets!'

'O, wat is het toch allemaal makkelijk!' Ediths vader begon zich steeds meer op te winden. 'Geef de terroristen hun zin en alles komt voor elkaar. En wat gaan ze daarna doen? Nog een gijzeling?'

'Jeroen is daar, verdomme! Voor die president maakt dat misschien niet uit, maar voor ons wel.'

'Mensen van Sonoscu hebben familieleden in het hotel. Voor hem is het ook moeilijk.' Het klonk niet erg overtuigend.

'Ja, ja.' Edith deed de deuren naar het balkonnetje open. Ze kreeg het benauwd in de kleine kamer. 'Is hier nog wat te lezen? In het Engels dan?'

Het enige wat ze vond, waren tijdschriften van weken geleden. Ze bladerde ze allemaal door en gaapte toen ze klaar was. Ze liep naar het keukenblok en deed de koelkast open. Er stond niet veel in. Een paar flessen frisdrank, een bakje met salade, een doosje eieren, een paar doosjes Franse kaas.

'Wil je wat eten?' vroeg Edith. 'Of drinken misschien?'

'Doe maar,' zei haar vader verstrooid. Hij keek diep in gedachten uit het raam.

Ze vond nog een doosje met crackers en maakte een paar hapjes klaar. Ze schonk een soort citroendrank met bubbeltjes in. En toen ze het op hadden, was dat ook weer achter de rug. Het was bijna onverdraaglijk, maar ze konden niets anders doen dan zitten wachten en de tijdschriften nog maar eens bekijken.

Zo kroop de tijd voorbij en het werd buiten langzaam donker. Ediths moeder was kennelijk toch in slaap gevallen, want het bleef stil in de slaapkamer. Met haar vader wisselde Edith al die tijd nauwelijks een woord. Hij deed niets. Zat alleen maar met zijn gsm naast zich op de bank.

Edith ging het balkon op en keek om zich heen. De straatverlichting was aangegaan en overal werden grote en prachtige gebouwen verlicht door verdekt opgestelde schijnwerpers. De stad lag er als een suikertaart bij. Maar een eind verderop waren de straten smaller en werd de verlichting steeds schaarser. Ze vroeg zich af wie daar woonden. Zouden dat de sloppenwijken zijn? De plaatsen waarvan haar ouders hadden gezegd dat ze er niet heen mocht? Het was daar te donker om veel te kunnen zien en ze kreeg opeens een visioen van een diepe, donkere kuil, waar leven was zonder echt leven te zijn. Ze keek omlaag en zag een jeep met soldaten langsrijden. De buurt werd in de gaten gehouden. Sonoscu waakte. Ze draaide zich om en ging weer naar binnen. Haar moeder was uit de slaapkamer gekomen.

'Heb je geslapen?' vroeg Edith.

'Ja.' Haar moeder zei het heel verbaasd. 'Ik snap er niks van.'

'Van spanning kun je ook moe worden,' zei Edith.

'Hebben jullie al iets gehoord?'

'Nee.' Ediths vader stond op. 'Niets. Het is bijna niet uit te houden.'

'Waarom betalen jullie niet gewoon dat geld?' vroeg Ediths moeder. 'Dat is toch niet zo moeilijk?'

'Het gaat niet om geld.'

'Het gaat wel om geld,' viel Edith uit. 'Geld is voor jullie het enige belangrijke. Al het andere telt niet. Het is gewoon misdadig.'

'Edith, doe nou niet,' zei haar moeder mat. 'Dat kan ik er echt niet bij hebben.'

Maar de twee anderen waren niet te stoppen.

'Dus ik ben een misdadiger.'

'Dat hoop ik niet.'

'Hoezo, dat hoop ik niet?'

'Wat weet ik nou van jouw werk? Wat weet ik van wat er bijvoorbeeld in je fabriek hier gebeurt?'

'Verdomme, Edith, nou ben ik het zat. Je praat als een kip zonder kop en je hebt gelijk, ja. Je weet er niks van.'

'Vertel het me dan.'

'Ach, hou toch op.' Hij keek haar woedend aan. 'Ik werk me te pletter, maar dankbaarheid, ho maar. Nee, ik word voor misdadiger uitgemaakt.'

'Dat zeg ik toch niet.'

'Dat zeg je wél! Je lijkt net een klein kind.'

Edith stampte van woede op de grond. Ze draaide zich bruusk om en liep het halletje van het appartement in. In een opwelling opende ze de buitendeur. Er was niemand op de galerij. Ze rende meer dan ze liep in de richting van de hal met de lift. Ze drukte op de knop, maar had geen geduld om te wachten. Naast zich zag ze het trappenhuis. Nog steeds vol drift rende ze de trappen af, tot ze beneden was. Ze beende naar de buitendeur en liep de straat op. Geen jeep, geen soldaten.

Ze voelde zich machteloos en woedend. Razend op haar vader. Maar opeens maakte dat gevoel plaats voor een felle steek van pijn. Jeroen. Hij was gegijzeld en hij verkeerde in groot gevaar terwijl zij hier een beetje ruzie stond te maken met haar vader. Broertje.

Zonder erbij na te denken liep ze de eerste de beste straat in die ze tegenkwam. Ze keek niet om zich heen. Ze liep alleen maar en na een paar straten wist ze niet goed meer waar ze was. Op de hoek was een klein restaurant. Hijgend stond ze stil. Ze moest de weg terug vragen, maar eerst wilde ze tot bedaren komen.

Ze stak over en keek bij het restaurant naar binnen. Er waren een paar tafeltjes bezet, maar het was nog niet half vol. Ze liep naar binnen en ging aan een tafeltje bij het raam zitten. De mensen in het restaurant waren zo te zien eilandbewoners. Ze keken nieuwsgierig naar haar, maar niemand zei iets. De man die achter de bar stond, kwam naar haar toe.

'Yes, miss?' zei hij.

'I only want to drink something,' zei Edith. 'Bitter lemon, please.'
De man knikte en ging weer terug. Edith keek het straatje in. Zo nu en dan kwam er iemand langs, maar het was hier een stuk rustiger dan in de grote winkelstraten.

Haar drankje werd gebracht. Ze keek naar de televisie die op een hoge tafel in een hoek stond. Een nieuwslezer hield een verhaal waar Edith uiteraard niets van verstond. Ze keek ernaar en draaide gedachteloos haar glas rond. Opeens merkte ze dat alle mensen in het restaurant stil waren geworden en gespannen luisterden naar wat er gezegd werd. Ze keek even om zich heen en daarna weer naar de televisie. De nieuwslezer verdween en ze zag beelden van een plek die haar bekend voorkwam. Toen herkende ze het hotelplein, waar ze zelf nog maar kort geleden gestaan had met haar ouders. Op de beelden was het nog dag, dus ze waren eerder opgenomen. Ze herkende de officier met wie haar vader had gepraat.

Hij zei iets in de microfoon van een journalist. Ze keek geboeid toe, zonder dat ze verstond wat er gezegd werd.

Er verschenen luchtbeelden, waarschijnlijk gefilmd vanuit een helikopter. Ze zag het dak van het restaurant, en het zwembad. Bij een van de gebouwen zag ze het bewegingloze lichaam van een man. Er waren slachtoffers! Met ogen die groot waren van schrik keek ze toe.

Het beeld verschoof naar de achterkant van het restaurant. Er werd ingezoomd op een deur, waarvoor een stapeltje lag van iets wat op linnengoed leek. De deur ging open en er kwam iemand naar buiten. Het beeld bewoog en werd even onduidelijk. Toen werd het weer scherper en Edith zag een halflange, rode zwembroek. Ze sloeg haar hand voor haar mond. De figuur bij de deur bukte zich om de stapel te pakken. Toen keek hij omhoog naar de helikopter en zwaaide met één hand. Hij keek recht in de lens. Het was Jeroen.

Edith slaakte een hoge kreet en iedereen keek verschrikt naar haar. Ze staarde naar het scherm. Jeroen was weer naar binnen gegaan. Ze zag achter de deur nog een schim van iemand anders en ze dacht een wapen te zien. De helikopter steeg al. Er kwam nog een overzicht van het hotel en dat was het. De nieuwslezer kwam weer in beeld.

De mensen in het restaurant bleven naar haar kijken, maar ze merkte het niet. Ze staarde naar het televisietoestel, maar behalve de nieuwslezer was er niets te zien. Met trillende handen stootte ze haar glas om. De bitter lemon drupte op de grond zonder dat ze het merkte. Vanuit haar ooghoeken zag ze beweging op straat. Ten slotte maakte ze haar blik los van het toestel en keek naar buiten. Er kwam iemand de straat inlopen. Canto.

13

Het werd donker. Maria kwam de keuken in en liep naar een schakelkast.

'Wat ga je doen?' vroeg Santin, die bij de buitendeur stond. Hij voelde zijn ogen prikken. Het eten had hem slaperig gemaakt en hij moest zijn best doen om helder te blijven. Hij was gespannen. De overval was geslaagd, maar nu gebeurde er niets. Het maakte hem onrustig.

'De lichten bij het zwembad moeten aan,' zei Maria. 'Anders kunnen ze ongezien bij het restaurant komen.'

'Gaat het goed?' Santin kwam naar haar toe.

'Ja,' zei ze. 'Het gaat goed. Arnesto heeft de eisen doorgebeld en ze denken erover na. Hij heeft geld geëist van CPI en een verklaring.'

'En mijn vader?'

'De mensen van de vakbond moeten vrijgelaten worden.'

'Mooi. Maar ik bedoelde eigenlijk of het goed met jou ging.'

'Ja.' Ze glimlachte naar hem. 'Met jou ook?'

'Waarom begon je met die jongen te praten?'

'Ik begon niet te praten, maar hij.'

'Hij is de zoon van de baas van CPI, dat weet je toch?'

'Ja, dat weet ik.'

'Hij is onze belangrijkste troef, samen met de familie van Lanzaru.'

'Ja.'

'Vind je hem leuk?'

Ze keek hem onderzoekend aan. 'Waarom wil je dat weten?'

'Vind je hem leuk?' Hij herhaalde zijn vraag.

'Ik denk dat het een heel aardige jongen is,' zei ze. 'Een heel lieve jongen misschien wel.'

'Mogelijk overleeft hij het niet.' Santin wilde haar opeens schokken met die opmerking, al wist hij niet precies waarom. 'Misschien moet hij gedood worden.'

'Misschien.' Ze knikte. 'Maar ik hoop heel erg van niet.'

Santin besefte dat hij jaloers was. 'Ik word gek van het wachten,' zei hij.

'Je moet proberen je te beheersen. Je had die vrouw niet moeten slaan.'

'Zij is de eerste die we moeten doodschieten,' zei Santin nijdig. 'Volgens mij bedenkt zij de plannen die Lanzaru uitvoert.'

'Onzin,' zei Maria. 'Die bevelen komen uit de hoofdstad. Waarschijnlijk van Sonoscu zelf.'

'Zou jij er een traan om laten als ze doodging?' Santin keek haar aan.

'Nee,' zei Maria zonder aarzelen. 'Niet één. Maar als je je niet beheerst, zullen ze dat als zwakte uitleggen. Je wilt toch niet zwak lijken?'

Daar was haar lachje weer en Santin wist dat ze hem een beetje uitdaagde.

'Ik kan niet zwak zijn,' zei hij. 'Ik moet jou toch beschermen?'

'Maar ik ben helemaal niet belangrijk.'

Hij zei niet wat hij wilde zeggen. Het kleine beetje branie van dat moment verdween als sneeuw voor de zon en hij wendde verlegen zijn blik af. Met vrienden onder elkaar kon je opscheppen over wat je tegen een vrouw zou zeggen. Over hoe ze te verleiden was. Het ene verhaal nog uitbundiger dan het andere. Maar nu voelde hij zich een onhandige schooljongen. Hij keek naar het wapen in zijn handen en realiseerde zich hoe absurd het allemaal was. Deze hele actie kon hem en anderen binnen een paar uur het leven kosten, misschien was híj het geweest die de man bij het zwembad gedood had – er stroomde even ijs door zijn aderen – en hier stond hij met zijn mond vol tanden. Hij haalde diep adem, als iemand die op het punt staat onder water te duiken.

'Voor mij wel,' zei hij toen. 'Voor mij ben je erg belangrijk.'

'Dat wou ik even horen.' Maria bloosde licht. Ze deed een stap naar hem toe en kuste hem op zijn wang. 'Nu voel ik me veel veiliger.'

Ze ging terug naar het restaurant.

Jeroen had het licht bij het zwembad plotseling aan zien gaan. De lampen eromheen en de schijnwerpers onder water. Het was een sprookjesachtig gezicht. Maar al vrij snel schoven twee mannen de gordijnen voor de ramen en de zonwering bleef omlaag, zodat van buiten nu helemaal niet meer te zien was wat er binnen gebeurde.

De aanvoerder liet weten dat in een hoek van het restaurant de tafels van elkaar geschoven moesten worden en dat er bedden gemaakt moesten worden van het beddengoed dat bij de muur op een stapel lag.

'You may talk,' zei hij. 'But if you try to escape, I am afraid we have to use force.'

'Als ik zo'n wapen in mijn handen had,' zei Arnold, terwijl hij met zijn vrouw en Jeroen een paar tafels aan de kant schoof, 'dan zou ik ook een flinke vent zijn. Dan zou ik ze eens wat laten zien.'

'Ach, schei toch uit,' zei zijn vrouw. 'Je hebt geen schijn van kans. Je zou alleen maar iedereen nog meer in gevaar brengen.'

'We zouden een plan moeten maken,' zei Arnold, zonder naar haar te luisteren. 'Dat we tegelijk aanvallen.'

'Als je het maar laat,' zei zijn vrouw. 'Je bent hier niet bij je clubje.' Ze keek naar Jeroen. 'Jij heet Jeroen, hè,' zei ze. 'Ik ben Cornelie. Let maar niet te veel op hem. Hij denkt dat hij hier ook een beetje oorlog kan spelen, net als thuis, bij de Nationale Reserve.'

'Wat is dat?' vroeg Jeroen.

'Padvinderij voor grote mensen.'

'Noodzakelijk voor de bescherming van ons land,' zei Arnold.

'Maar je bent nu hier,' zei Cornelie. 'Dit is andere koek. Hou alsjeblieft je gemak.'

'Tuig van de richel is het. Allemaal tegen de muur, dat is de enige oplossing.'

91

Jeroen zei niets. Hij dacht aan Maria.

'Je hebt toch gehoord wat dat meisje zei.' Cornelie deed haar armen over elkaar. 'Het is hier niet allemaal koek en ei in dit land, dat heb ik wel begrepen.'

Arnold keek Jeroen aan. 'Wat vind jij?' vroeg hij. 'Het terrorisme moet uitgeroeid worden, ja toch?'

'Ik weet het niet,' zei Jeroen. 'Ik weet niet wat ze willen.'

'Wedden dat ze geld eisen?' zei Arnold. 'En een vliegtuig?'

'Maar terroristen zijn toch niet allemaal alleen maar slecht?' zei Cornelie. 'Als ze nu eens een reden hebben om dit te doen?'

'De enige goede terrorist is een dode terrorist.'

'Kijk uit wat je zegt,' zei Cornelie geschrokken. 'Ze staan wel om je heen.'

'Ze verstaan toch geen Nederlands.' Arnold veegde zijn handen af aan zijn zwembroek. 'Ik wou dat we wat konden aantrekken.'

Jeroen dacht opeens aan een gesprek dat ze op school hadden gevoerd met de geschiedenisleraar, nog niet zo lang geleden. Een gesprek over de rolverdeling in een oorlog.

'In de oorlog noemden de Duitsers de mensen van het verzet ook terroristen,' zei hij. 'En voor ons waren dat toch helden.'

'Ja,' zei Arnold. 'Maar dat is heel wat anders.'

Jeroen keek om zich heen. Hij mocht die man niet, met zijn dikke verhalen. Vlak naast hem was het Engelse echtpaar bezig om dekbedden uit te spreiden. De vrouw praatte zachtjes tegen haar man, op een klagerig toontje, en hij bromde sussend iets terug. Jeroen pakte ook een dekbed en nam het mee naar een hoek. Hij legde het neer en merkte opeens dat er iemand vlak achter hem stond. Het was Francesca, met een dekbed in haar armen.

'Is here a place for me, Dzjeroon?' vroeg ze zacht.

Hij kreeg ter plekke een hoofd als vuur. 'Yes,' zei hij. Hij wees naar een plek naast zijn dekbed. Ze spreidde het dekbed uit en ging erop zitten. Jeroen besloot hetzelfde te doen. Hij keek naar haar. Hij kon zich niet herinneren dat hij ooit ergens zo'n fantastisch mooi meisje had gezien. Haar lange, donkerblonde haar was licht gegolfd en hing tot halverwege haar rug. Haar gezicht was volmaakt. Lange wimpers boven blauwe ogen en een prachtige mond. Het geweld verdween even naar de achtergrond.

Ze wenkte haar collega, die even later ook naar hun hoek kwam. Ze knikte even naar Jeroen en begon zachtjes tegen Francesca te praten. Haar handen gebaarden voortdurend en ze begon zich weer op te winden. Jeroen kon het gesprek niet volgen, maar ze ging met haar handen over haar wangen en hij hoorde het woord make-up. Francesca probeerde haar tot bedaren te brengen. Het lukte haar ternauwernood. De ander ging zitten en steunde haar hoofd in haar handen.

'Faga,' zei ze. Ze keek kwaad naar de dichtstbijzijnde overvaller, de man met het bleke, gespannen gezicht. De man die in het plafond had geschoten.

'Laura, she worries,' zei Francesca. 'Her make-up, you see?'

Jeroen zag het niet. Hij kon zich niet voorstellen dat iemand zich onder deze omstandigheden druk kon maken over haar make-up.

'That is not important,' zei hij.

'For us, yes.' Ze knikte met haar hoofd.

Het zal wel, dacht hij. Voor fotomodellen zal dat wel zo zijn. Volgens hem droeg Francesca weinig of geen make-up. Hij kon zijn ogen bijna niet van haar afhouden. Haar huid was net even iets donkerder dan wat hij gewend was en er lag een lichte glans over. Haar witte blouse was open aan de hals en ze had een smal, gouden kettinkje om met drie gouden sterretjes. Jeroen voelde zich nogal stom met alleen maar een zwembroek aan. Het was niet koud, en dat zou het in de nacht ook niet worden, dus dat was het niet. Hij was alleen bang dat Francesca hem maar een magere, bleke kaaskop zou vinden. Opeens was dat het belangrijkste geworden.

'Are you afraid?' vroeg ze.

'I was. But now not.' Goed Engels? Waarschijnlijk niet. Maar ja, zij was Italiaans. En de angst was op een afstand. Alleen als hij dacht aan de doordringende blik waarmee de aanvoerder hem aangekeken had, voelde hij zich weer onrustig worden. Als hij maar wist waarom dat was.

'I am,' zei Francesca.

'What?' Jeroen schrok op.

'I am afraid.'

Hij keek haar aan. Hij wenste weer vurig dat hij ergens anders was, op het strand, of bij de boulevard. Op een terrasje. Maar hij wenste net zo vurig, dat zij daar dan ook zou zijn. Zonder dat hij zich er bewust van was, stak hij zijn hand uit en raakte haar arm aan. Hij wilde haar redden. Superman zijn.

'Don't be afraid,' zei hij. 'Maybe they will...' Hij wilde tegen haar zeggen dat ze misschien geen geweld zouden gebruiken. Dat ze bevrijd zouden worden. Dat hij er tenslotte ook nog was. Maar hij kon de woorden niet vinden en weer wilde hij dat hij Italiaans kon spreken. Dat hij gewoon met haar kon praten. En daar kwam bij dat hij haar niet kón beschermen. Hij was net zo weerloos als zij. Het enige wat ze konden doen, was afwachten.

Het werd donkerder buiten en in het restaurant brandden een paar kleine lampen. Genoeg om elkaar te kunnen zien en te weinig om door de gordijnen heen zichtbaar te zijn.

14

Edith zag de opluchting in de ogen van Canto, toen hij haar bij het raam zag zitten. Hij kwam haastig het restaurant binnen. Hij knikte tegen de man achter de bar en ging bij Edith aan het tafeltje zitten. Hij zag er bezorgd uit.

'I was looking for you,' zei hij. 'Where have you been?'

'Nowhere. Just here.' Met tranen in haar ogen keek ze hem aan. 'I have seen Jeroen... my brother.' Canto keek haar niet-begrijpend aan. 'It was on the news.'

De man van het restaurant kwam naar hun tafeltje toe en depte met een doekje de knoeiboel op. Canto vroeg hem iets en de man gaf kort antwoord. Toen keek hij naar Edith met een zweem van medelijden in zijn ogen. Even later zette hij een nieuw glas op de tafel.

'Do you know who these terrorists are?' vroeg Edith aan Canto.

Hij was heel even geïrriteerd, als iemand die het ergens helemaal niet mee eens is. Maar hij schudde zijn hoofd en de irritatie verdween. Ze vroeg zich af of ze iets verkeerds gezegd had. Hij keek haar nadenkend aan, alsof hij aarzelde om een beslissing te nemen.

'So your brother is alive,' zei hij.

Ze knikte zonder iets te zeggen.

'That is good.' Hij bleef naar haar kijken. 'Are you allright?'

Ze knikte weer en opeens schoot haar iets te binnen. De man waar Canto haar voor had gewaarschuwd. Die man waren ze tegengekomen bij het paleis van Sonoscu. Ze vroeg ernaar en Canto wist wie ze bedoelde.

'What did you say his name was?' vroeg ze.

'Lanzaru.' Hij zweeg weer een tijdje en het was duidelijk dat hij nadacht over wat hij zou gaan doen. Verder verraadde zijn blik niets, maar opeens leek hij een besluit te hebben genomen.

'Finish your drink,' zei hij. 'I want to show you something.'

Ze keek hem vragend aan, maar hij zei verder niets. Hij wenkte de eigenaar en betaalde.

Ze gingen naar buiten en Edith keek met angstige ogen om zich heen, alsof ze verwachtte dat de straat vol zou zijn met geweld. Maar het was rustig. Een paar wandelaars, een of twee auto's, op weg naar het drukkere deel van de stad.

'O, Jeroen,' zei ze.

'He is alive,' zei Canto sussend. 'You saw it.'

Ze stonden even stil.

'My parents,' zei Edith.

'They warned me,' zei Canto. 'I promised that I would look for you. Stay with me now. Everything will be allright.'

Ze zuchtte diep. Hij sloeg voorzichtig een arm om haar heen en keek haar vragend aan. Ze knikte en leunde met haar hoofd tegen zijn schouder. Ze liepen de straat uit en passeerden een paar zijstraten. Geleidelijk aan veranderde de omgeving. De huizen waren kleiner en slordiger gebouwd. Hier en daar brandde een straatlantaarn. Soms zaten er een paar mensen op stoelen voor hun huis. Edith hoorde hier en daar het roepen van kinderen die nog op waren. Sommige mensen kenden Canto, want ze groetten hem. Anderen keken alleen maar. Edith zou niet graag alleen door die straten gelopen hebben. Er gebeurde niets, maar ze voelde zich ongemakkelijk. Dit was het begin van de donkere plek die ze vanaf het balkon van het appartement gezien had.

'Where are we going?' vroeg ze.

'Wait,' zei hij alleen maar. Twee zijstraten verder gingen ze rechtsaf en ze stopten bij een klein huis. De deur was dicht. Edith keek Canto vragend aan.

'The house of my mother,' zei hij. Hij pakte een sleutel uit zijn zak en opende de deur. Hij riep iets en er kwam iemand het gangetje in. Het was een vrouw en toen ze in het licht van een straatlantaarn kwam, zag Edith dat het Canto's moeder moest zijn. Hij leek op haar.

Canto noemde Ediths naam en legde uit wie ze was. Zijn moeder glimlachte en gaf Edith een hand. Toen ging ze hen voor naar een klein kamertje. Ze hoestte een paar keer.

In het kamertje zaten twee jongens, een van een jaar of twaalf en een van ongeveer vijftien.

'My brothers,' zei Canto. 'Damis,' – hij wees naar de oudste – 'and Oherto.' De jongens lachten verlegen naar haar, duidelijk verrast door het onverwachte bezoek.

'Where is your father?' vroeg Edith.

'He died four years ago.' Canto zei het zonder zichtbare emotie, maar er trilde even iets in zijn stem.

'I am sorry,' zei Edith.

Canto schudde zijn hoofd. 'He died in a car accident. The driver was drunk.'

Ze wist niet wat ze moest zeggen en keek hem alleen maar aan.

'A soldier,' zei hij schouderophalend, als iemand die weet dat er dingen zijn waar je niets tegen kunt doen. Canto's moeder schonk koffie in kleine kopjes. Ze hoestte weer en dat deed haar duidelijk pijn.

Canto zag Edith kijken. 'My mother is ill,' zei hij. 'Because of her work, you see?'

'Her work?'

'In the factory.' Canto keek haar recht aan. 'CPI.'

Het duurde een paar seconden voor het tot Edith doordrong.

'CPI?' zei ze. 'That is...'

De vrouw werkte in de fabriek van haar vader en daardoor was ze ziek geworden.

'What happened?' Ze keek Canto vragend aan.

'Dangerous work,' zei Canto. 'With chemicals. No good protection.'

Edith voelde zich als iemand die voor de rechtbank staat. Ze keek hulpeloos naar Canto's moeder. Die vroeg iets aan Canto en hij legde uit wat hij tegen Edith gezegd had. Ze stond op, kwam naar Edith toe en legde haar hand op haar schouder. Ze keek Edith recht aan en zei iets, een paar woorden maar.

'She says it is not your fault,' zei Canto.

'No.' De tranen schoten Edith in de ogen. 'But my father...' Ze ging niet verder. Ze had hem kort daarvoor beschuldigd van van alles en nog wat, maar eigenlijk kon ze niet geloven dat hij er bewust voor zou zorgen dat de mensen in zijn bedrijf ziek werden. Misschien wist hij het gewoon niet.

'I will tell my father,' zei ze. 'I will.'

Canto knikte haar toe en praatte weer met zijn moeder. Soms zei een van zijn broertjes ook iets. Edith zat er maar zo'n beetje bij. Ze voelde zich afschuwelijk. De wildste beelden spookten door haar hoofd. Beelden van mensen die doodgingen door vergiftiging. Mensen die stikten omdat hun longen kapot waren. Giftige vloeistof uit lekkende leidingen. Dat soort dingen.

Ze zag dat Canto's moeder opeens heftig haar hoofd schudde en naar Edith keek. Canto praatte op haar in en ze keek hem weifelend aan. Ze schudde nog een keer haar hoofd. Canto zei nog iets, op nog dringender toon.

'What are you saying?' vroeg Edith. 'What is it?'

Canto draaide zich naar haar toe. 'I told her that I will show you something,' zei hij.

'What do you mean?'

'She thinks it is not good. Dangerous. But you will be allright, I promise.'

Edith begreep er niets van. Iets wat gevaarlijk was? Canto praatte weer tegen zijn moeder en Edith zag hoe ze zich erbij neerlegde. Ze keek naar Edith en zei iets.

'She says you are a good girl,' vertaalde Canto.

Edith wist niet wat ze daarop moest zeggen. Canto stond op en wenkte haar. Hij zei nog iets tegen zijn broers en kuste zijn moeder. Edith wilde haar een hand geven, maar de vrouw trok haar naar zich toe en kuste haar op allebei de wangen.

Met een vuurrood hoofd liep Edith Canto achterna, naar buiten. De twee broertjes keken hen vanuit de deuropening na. Ze liepen de straat uit en sloegen links af. Al snel zag Edith dat Canto's moeder in een heel behoorlijk huis woonde, vergeleken met wat ze nu om zich heen begon te zien. De huizen waren vervallen en op sommige plekken waren hutjes gebouwd tussen huizen in. Edith besefte met een schok dat daar ook mensen in woonden. Bij een van die hutten scharrelden een paar kinderen rond. Die hadden al in bed moeten liggen. Maar hadden ze wel een bed? Hoe verder ze liepen, hoe meer ze nagestaard werden. Edith voelde zich steeds minder op haar gemak. Ze hoorde de stem van haar moeder. *Als jij daar maar niet heen gaat.* In haar eentje zou ze dat nooit doen. Ze had het gevoel dat ze afdaalde in een donkere put. 'Why are we here?' vroeg ze zacht aan Canto.

'Don't talk English.'

Uit een van de huizen klonk het geroep en getier van een man en een vrouw. Er kwam een man naar buiten. Hij schreeuwde over zijn schouder, maar niemand kwam hem achterna. Een paar andere mannen, die de straat inkwamen, liepen gewoon door. Ze letten niet op wat er gebeurde. De man hield op met schreeuwen en kwam recht op Edith en Canto af. Ze verstijfde en kneep Canto in zijn arm.

De man keek hen aan en zei iets tegen Canto. Ze begonnen een gesprek. Canto bleef kalm en de man werd ook langzamerhand rustig. Op een gegeven moment grijnsde hij zelfs en sloeg Canto op zijn schouder. Hij maakte een hoffelijke buiging naar Edith en ging zijn huis in, waar het geschreeuw onmiddellijk weer begon.

Ze liepen door. Het was een afschuwelijke wandeling. Nauwelijks een fatsoenlijk huis te zien, alleen maar krotten en vervallen hutten. Ze voelde overal ogen in haar rug en kreeg de toenemende neiging om steeds harder te gaan lopen.

Ze zou zelf de weg nooit terug hebben gevonden, maar ten slotte merkte ze dat ze de ergste buurten achter zich gelaten hadden. De straten werden weer iets breder en de huizen werden weer bewoonbaar. Bij een klein park stond een houten bank in het licht van een lantaarnpaal. Ze gingen zitten. Edith staarde voor zich uit.

'Now I can tell you,' zei Canto. Hij draaide zich naar haar toe en vertelde over zijn eiland, zijn stad en de buurt waar hij vandaan kwam. Twee werelden op één eiland: rijkdom en armoede. Ruimte en opgesloten zijn. Een paar families die alles verdeelden en honderden families voor wie niets meer overbleef. Die wel werk hadden, bij CPI bijvoorbeeld, maar veel te weinig betaald kregen en niet beschermd werden tegen de gevaren in de fabriek. Met zijn zachte stem maakte Canto zo goed mogelijk duidelijk wat er op het eiland aan de hand was. Hij vertelde over een man die hij kende en die ontslagen was door CPI, omdat hij opruiende taal had gebruikt. Hij vertelde dat de man de straat opgegaan was om te protesteren. Dat hij opgepakt was, terwijl hij samen met nog iemand affiches aan het opplakken was. Dat zijn dochter op de soldaten afgestormd was, om hem uit hun handen los te trekken. Zinloos natuurlijk. Geen schijn van kans. Maar ze hadden op haar geschoten, alsof ze een gevaarlijke vijand was. Paramilitaire troepen, die zichzelf doodseskaders noemden. Ze stonden onder commando van Lanzaru, de man uit het hotel. Meermalen was ze geraakt en ze hadden haar als een vod op straat achtergelaten. Ze was doodgebloed. Haar verloofde had het voor zijn ogen zien gebeuren.

Canto zweeg. Edith zat met haar hoofd in haar handen. Ze huilde. Hij schoof naar haar toe.

'I don't want you to cry,' zei hij. 'But I had to tell you.'

Ze knikte en snoof. Hij pakte een paar papieren zakdoekjes uit zijn broekzak en gaf die aan haar. Ze snoot haar neus. Ze veegde langs haar ogen. Toen stonden ze op.

'I will take you back,' zei Canto.

Ze keek naar hem. En opeens boog ze zich naar hem toe en raakte met haar lippen de zijne aan. Ze sloeg haar armen om hem heen en klemde zich aan hem vast. Het gebeurde zomaar en het kwam vooral omdat ze iemand heel erg stevig vast wilde houden. Omdat dat op dat moment het enige was, wat haar overeind hield. Een wanhopige omhelzing, maar ze merkte dat het niet alleen maar wanhoop was. Ze likte langs zijn lippen. Hij streek met zijn hand langs haar wang en zocht haar tong, als een antwoord. Hoe ongelofelijk het ook was, er gebeurde iets tussen hen en heel even hadden ze hun eigen eiland. Het werd een ademloze zoen. Ten slotte trok ze haar hoofd terug.

'Do you know who can save my brother?' vroeg ze.

Maar daar gaf hij geen antwoord op en ze liepen terug naar het appartementengebouw.

15

'Wat hebben ze gezegd?' vroeg Santin aan Arnesto. 'Laten ze de gevangenen vrij?' Valeo had hem afgelost en hij was weer in het restaurant.

'Ze zijn aan het overleggen,' zei Arnesto. 'We moeten afwachten.'

'Ik word gek.' Santin haalde luidruchtig zijn neus op. 'Hoe lang moet dat nog duren?'

'Geduld. We moeten geduld hebben.'

'En ondertussen maken ze plannen om ons aan te vallen,' viel Palos Santin bij.

'Wat wil je dan?' vroeg Arnesto.

'We moeten iets doen. Laten zien dat we het menen.'

'Wil je iemand doodschieten soms?'

'Waarom niet?' Palos keek naar de schoonmoeder van Lanzaru. 'Niemand zal het erg vinden als zij crepeert.'

Ze verstond het woord voor woord en ze keek strak naar Arnesto, alsof ze het antwoord uit hem wilde trekken.

'Het zou het stomste zijn wat we konden doen,' zei Arnesto. 'Wat denk je dat Lanzaru doet, als we hem dat vertellen?'

'Is hij zo dol op zijn schoonmoeder dan?' Palos keek naar haar met een gezicht of ze een smerige worm was.

'Dat weet ik niet. Maar hij zal ervan overtuigd zijn dat zijn vrouw en zijn kinderen daarna aan de beurt zijn en dan zal hij zeker aanvallen. Dan is het afgelopen voor we ook maar iets bereikt hebben.'

Santin zuchtte. Bij zijn linkeroog vertrok onafgebroken een spiertje. Hij kon het niet onder controle houden. Toen ze hun actie begonnen, had hij zich goed gevoeld. De onrust was op slag verdwenen. Maar nu konden ze alleen maar wachten, en dat was het moeilijkste dat bestond. Alsof zijn bloed, dat wild door zijn lichaam had gestroomd, in één keer in stroop veranderd was. En de neergeschoten man bij het zwembad, wie had hem geraakt? Palos en Valeo hadden ook geschoten. Doden ging zomaar opeens en het zou met hem ook kunnen gebeuren. Zijn leven afgelopen, in één keer. Zijn dromen voorbij. Geen vader en moeder, en geen Maria. Geen verhaal meer.

'Palos,' zei hij. 'Die man bij het zwembad.'

'Die is dood,' zei Palos.

'Zeker weten?'

'Heel zeker. Ik heb hem geraakt en hij stond niet meer op.'

'Maar ik heb ook geschoten.'

'Heel flink.' Palos grijnsde. 'Maar dat mikken van jou kan nooit veel soeps zijn geweest. Ik heb hem geraakt, reken maar.'

'Waarom vraag je dat?' Arnesto keek Santin aan.

'Weet ik niet,' zei Santin schouderophalend.

'Ga er maar van uit dat Palos hem gedood heeft,' zei Arnesto. 'Als dat je rust geeft.'

'Daar vroeg ik het niet om.' Santin keek verongelijkt.

'Nee? Oké. Ga er toch maar van uit.' Arnesto keek hem recht aan. 'Laat het maar aan Palos over.'

Santin knikte. Het stelde hem niet gerust. Hij wilde zeker weten dat hij de man niet geraakt had. Die ochtend nog had hij zich schietend een weg willen banen, maar de gedachte dat hij nu in werkelijkheid iemand doodgeschoten had, dat hij zelf een verhaal kapotgeschoten had, liet hem niet los.

Hij keek naar Maria. Ze was bezig met het uitdelen van de dekbedden. Hij was jaloers geweest op de jongen met wie ze had zitten praten, maar die zat nu naast een van die mooie Italiaanse meiden. Gegijzeld worden, echt een buitenkansje.

Arnesto riep Maria bij zich. 'Is er hier niet een kast met kleren of zo?' vroeg hij. 'Voor de mensen in de keuken?'

'Ja, jasschorten. En broeken.'

'Haal maar een stapel tevoorschijn en deel ze uit. We zijn tenslotte geen beesten.'

'En een laken voor die trol.' Palos knikte in de richting van de schoonmoeder. 'Ik ga over mijn nek van dat lijf.'

'Je moeder heeft je uitgekotst,' zei ze venijnig. 'En je bent sinds die tijd niks veranderd.'

'Ik zou voorzichtig zijn.' De stem van Arnesto klonk gevaarlijk scherp. 'Ik kan niet voor iedereen hier instaan. Sommige mannen moet je niet kwaad maken.'

Ze kneep haar lippen op elkaar en zei niets meer. Maar haar blik verraadde haar gedachten.

Maria kwam terug met een stapel kleren, meest wit. Op de jasjes en de schorten stond de naam van het hotel, met een kroontje erboven.

'Deel maar uit,' zei Arnesto. 'En jullie,' – hij keek naar Santin en Palos – 'opletten.' Hij wenkte Christan en nam hem mee naar een hoek van het restaurant.

'Even los van wat ze met onze eisen doen,' zei hij, 'moeten we in ieder geval zorgen dat we hier uit kunnen.'

'Geef je de moed al op?'

'Nee, maar ik wil jullie niet de vernieling injagen, ook niet als het niet lukt.'

'Daar hebben we gijzelaars voor.'

'Ja. En als het moet, zal er minstens één geëxecuteerd worden. Dat hebben we zo afgesproken.'

'Weet je al wie?'

'Ik heb mijn keuze gemaakt,' zei Arnesto. Hij keek expres niet in de richting van de gijzelaars.

'Ik hoop echt dat het niet nodig is,' zei Christan.

'Ik ook.' Arnesto keek hem aan. 'Ik ook, beste vriend.'

'En hoe wil je hier wegkomen?'

'Er staat een jeep in het steegje hiernaast. Met twee soldaten. Maria heeft hen gezien toen ze die kinderen vrijliet.'

'Dan hebben zij haar dus ook gezien.'

'Waarschijnlijk wel, maar dat was het risico. En ze gaat met ons mee, als we wegkomen. Ze kan niet meer op het eiland blijven.'

Christans blik kreeg iets treurigs. 'Alles achterlaten, dus,' zei hij. 'Het arme kind.'

'Santin gaat ook mee,' zei Arnesto.

'Dat is natuurlijk zo.' Ze lachten even naar elkaar.

Er klonk geschreeuw vanuit de hoek waar de bedden gespreid werden. Ze draaiden zich om om te zien wat er gebeurde. Een man, een van de gijzelaars, stormde recht op Arnesto af. Hij had een uzi in zijn handen en was van plan om die te gebruiken.

Er waren dekbedden om op te liggen, maar de vloer was er niet minder hard om. Jeroen probeerde verschillende houdingen, maar comfortabel werd het niet. In ieder geval was het wel prettig om nu te kunnen liggen. De kleren die hij aanhad waren te groot maar dat was juist wel goed. Naast hem zaten Francesca en Laura zacht te praten. Ze hadden zo goed mogelijk, met tissues en water uit de kraan, hun gezicht schoongemaakt. Jeroen had het opgegeven te proberen er iets van te verstaan. Ook zonder dat was het prettig ernaar te luisteren. Net een riviertje.

Even verderop klonk de stem van de Engelse vrouw. Ze was bang, dat was te horen. Haar man zei niet veel terug. De vrouw van Lanzaru was tussen haar kinderen in gaan liggen. Zij had al die tijd nauwelijks iets gezegd. Haar zoontje was in jaren niet zo stil geweest. Geen opgeblazen haantje meer, maar een bang kind, net als zijn kleine zusje.

Oma had zich met veel moeite op de grond laten zakken. Ze zat met haar rug tegen de muur geleund. De woede in haar ogen was onverminderd groot.

Links van Jeroen was beweging. Arnold was opgestaan en maakte aan de dichtstbijzijnde overvaller duidelijk dat hij naar de wc wilde. De man, degene met de baard, maakte een beweging met zijn uzi en liet Arnold voorgaan.

Francesca was gaan liggen. Jeroen keek haar aan. 'Can you sleep?' vroeg hij.

'No,' zei ze. 'I think not.'

Ze lagen allebei op hun rug, maar toen draaide ze zich op haar zij. 'Tell me about yourself,' zei ze. 'Where are you from?'

'Holland.' Jeroen wist eerst niet wat hij verder moest zeggen.

Maar ze bleef hem aankijken en toen begon hij te vertellen. Dat hij zestien was. Dat hij op school zat, en wat hij daarvan vond. Allemaal gewone dingen, maar ze waren opeens belangrijk geworden, kostbaar. Alles zou goed zijn, als hij eenmaal weer rustig op school zat. Nooit gedacht dat hij daar nog eens naar zou verlangen.

'Do you have a girlfriend?' vroeg Francesca.

Brigit. Hij zag opeens een breed, wit strand voor zich. Aan de ene kant de duinen en aan de andere kant de zee. Een groep jongens en meisjes, en één meisje dat opstond om naar de golven te rennen. Lange benen en een bikini.

'Not really,' zei hij. 'And you? Do you have a boyfriend?'

'No.' Ze schudde haar hoofd.

'I don't believe you,' zei hij verbaasd.

'Why not?'

'You are...' Hij aarzelde even. 'You are so beautiful,' zei hij toen. Er gebeurde iets waardoor zijn ouders en zijn zus en Terschelling erbij even totaal onbelangrijk werden. Waardoor zelfs het gevaar om hem heen onbelangrijk werd. De manier waarop ze naar hem glimlachte, was iets wat hij nog nooit meegemaakt had. Er ging een stoot energie door hem heen en hij had het gevoel dat hij in brand stond. Over zijn hele lijf, maar met zijn maag als middelpunt. Hij stak zijn hand uit en legde die op de hare. Ze bleven elkaar aankijken tot er niets meer bestond dan zijzelf.

'Now it's your turn,' zei hij toen met enige moeite. 'Tell me.'

Het ging haar moeilijker af dan hem. Haar Engels was minder goed. Maar ze vertelde dat ze zeventien was – zeventien? Dat ze net haar school afgemaakt had en nu een jaar als model werkte. Voor reclames en tijdschriften. De hele wereld over, tot Zuid-Afrika en Miami aan toe. En Canthaar. En uitgerekend op dit moment.

'Are you still afraid?' vroeg Jeroen.

'I don't know. It is nice talking to you.'

Ja, dat gold ook voor hem. De dreiging was een eind weg. Heel even had hij het gevoel gehad dat alles gewoon was. Nou ja, gewoon... Zijn hand had die van haar nog steeds vast en hij was niet van plan die los te laten.

Maar toen kwam alles opeens op zijn kop te staan. De deur naar de toiletten ging open en Arnold kwam terug. Palos liep achter hem, maar hij was een moment wat minder oplettend. Misschien verwachtte hij van niemand verzet en tot nu toe was dat er ook niet geweest. Maar Arnold moest al een poosje rondgelopen hebben met een plan van actie. Hij draaide zich bliksemsnel om en raakte met zijn vuist Palos vol op de kaak. Die was volledig verrast. Hij viel half om en zocht steun tegen de muur, terwijl hij zijn uzi nog maar losjes vasthield. Arnold graaide het wapen uit zijn handen. Palos slaakte een kreet van woede en stond weer recht overeind. Maar Arnold had zich alweer omgedraaid. Hij had zijn doel uitgekozen: de aanvoerder van de terroristen. Met een verrassingsaanval zou hij hem kunnen uitschakelen. Hij stormde recht op de lange man af, die met een ander stond te praten.

Het was een wanhopige actie, niet goed doordacht, en hij was maar alleen. Toch had het nog kunnen lukken. De jongste van de overvallers stond aan de andere kant van het restaurant en een paar opgesprongen gijzelaars stonden tussen hem en Arnold in. De aanvoerder en zijn makker leken te bewegen alsof ze in een vertraagde film terechtgekomen waren. Arnold had slechts oog voor die twee. Er welde een schreeuw van triomf in hem omhoog toen hij de uzi op hen richtte.

Aan een van de tafeltjes waar hij langs moest, was iemand opgestaan. Een kleine, kleurloze, onopvallende man. Gewapend. Het was de zesde overvaller. Arnold had hem al die tijd totaal over het hoofd gezien. De man haalde bijna achteloos de trekker over.

16

Er stond een jeep voor het appartementengebouw en bij de voor-
deur stonden twee soldaten. Edith en Canto liepen tussen hen
door en gingen de hal in. Toen ze op de lift stonden te wachten,
keek Canto haar nog een keer aan, nadat hij had rondgekeken
om te zien of er iemand binnen gehoorsafstand was. Ze waren
alleen in dat gedeelte van de hal. Hij zei dat hij niet kon vertellen
wat hij ging doen, maar dat het mogelijk was dat ze hem niet
meer zou zien. Ze zag dat het hem pijn deed om dat te zeggen.
Hij zei dat ze op een dag weer van hem zou horen, als hij haar
adres had. Als ze dat zou willen tenminste. Dat wilde ze. Ze
pakte een pen uit haar tasje en schreef haar adres op een stukje
papier. Dat wilde ze zeker.

De liftdeuren gingen open en een paar mensen kwamen naar
buiten. Edith en Canto gingen de lift in. De hele tijd, tussen de
begane grond en de bovenste verdieping, keken ze elkaar aan en
zonder te weten wat er precies ging gebeuren voelde Edith heel
sterk dat er op die ene zoen geen andere zou volgen. Dat er geen
tijd meer was.

'Waar zat je?' Edith was nog niet binnen of haar vader blafte haar
dat toe. 'Waar zat je, verdomme nog aan toe?'
'Iets drinken,' zei Edith. 'Nadenken.'
'Zo lang?'
Edith gaf geen antwoord, maar vroeg: 'Hoe is het in het hotel? Is
er iets gebeurd?'
'Dat weet ik niet,' zei haar vader. 'En ik wist niet waar je was.' Er
klonk irritatie in zijn stem, met een vleug opluchting erdoor-
heen.
'Ik was veilig,' zei Edith. 'Ik had een oppas bij me.'

Haar vader keek naar Canto, die een paar passen achter Edith stond. 'Sorry,' zei hij toen tegen hem. 'Thank you for finding my daughter.' Canto knikte beleefd en draaide zich om om naar de lift te gaan.

'Yes, thank you,' zei Edith.

Een laatste glimlachje en hij was weg.

'We wachten hier op bericht,' zei Ediths vader. 'Ze proberen contact te krijgen met de terroristen.' Hij ijsbeerde door de kamer. Van de kalme, weloverwogen manier van doen van de zakenman was niet veel over.

Ze ging naar haar moeder, die in een hoek van de kamer op een bankje zat.

'Gaat het?' vroeg ze.

'Ik was zo ongerust,' zei haar moeder. 'Waarom liep je nou weg? Er kan wel van alles gebeuren.'

'Het spijt me,' zei Edith.

'Ik dacht opeens dat ik misschien op één dag allebei mijn kinderen kwijt zou raken.' Ze huilde.

'Ach, mama toch.' Edith voelde zich opeens een ontzettende kluns, dat ze haar moeder zo vergeten was. Maar tegelijk zag ze weer de moeder van Canto voor zich en hoorde ze het droge, zieke kuchje.

De gsm van haar vader ging over. Het vrolijke deuntje klonk opeens belachelijk. Hij luisterde en Edith zag dat hij schrok.

'What did they say?' vroeg hij en hij luisterde weer, een lange tijd. Zo nu en dan knikte hij. Toen zei hij: 'We will come immediately.'

'Waarom schrok je?' vroeg Edith.

'Er is contact geweest met de terroristen. Ze willen weg.' Hij aarzelde even. 'Er is weer geschoten,' zei hij toen. 'Maar ze willen niet zeggen, of er iemand geraakt is.'

'O, God.' Ediths moeder kromp in elkaar. 'Laat het niet Jeroen zijn. Niet Jeroen.'

'Stil maar.' Edith sprak haar sussend toe, alsof haar moeder een klein kind was. Ze streek met haar hand over haar moeders rug.

'Die terroristen zeggen dat de gevangenen vrij moeten, nu direct. Ze willen een miljoen en een helikopter vanaf het vliegveld.'

'En de gijzelaars?' vroeg Edith.

'Sonoscu heeft gezegd dat ze die moeten vrijlaten, op zijn laatst voordat ze opstijgen met de helikopter.'

'En als ze dat niet doen?'

'Dan zal er ingegrepen worden.'

Edith staarde hem aan. Ze begreep niet dat haar vader daar zo rustig onder kon blijven. 'En als Jeroen daar dan nog tussen zit?' vroeg ze.

'Er is een plan.' Hij draaide zich van haar af.

'Een plan?' Edith keek naar zijn rug, maar hij reageerde niet. 'Ze gaan de zaak belazeren zeker.'

'De terroristen krijgen vervoer naar het vliegveld. Het geld ligt in de bus voor het hotel.' Haar vader draaide zich om. 'En de helikopter staat klaar.' Hij ging naar de intercom en toetste nummer zestien in. Edith verwachtte half en half dat er geen antwoord zou komen, maar Canto was er nog. Ze hoorde dat haar vader om de auto vroeg.

'En die verklaring die je moest afleggen?' vroeg ze toen. 'En de gevangenen?'

'Die worden vrijgelaten. En over die verklaring wordt niet meer gesproken.'

'Maar wat is dan het plan?' Ze begreep het niet. Er was iets gaande wat ze niet vertrouwde, maar ze kon er geen vinger achter krijgen.

'Ik heb genoeg gezegd. Het komt voor elkaar.'

'Maar denk nou eens na. Wat denk je dat er gaat gebeuren als ze gaan aanvallen? Er hoeft maar iets mis te gaan en de gijzelaars zijn het slachtoffer.'

'Ik heb toch gezegd dat er ook mensen van Sonoscu bij de gijzelaars zitten. Er zal niet zomaar in het wilde weg aangevallen worden.'

In een flits drong het tot Edith door wie hij bedoelde. Ze liet alle voorzichtigheid varen. Dit was te erg.

'O ja, ik weet wie dat zijn,' zei ze, met iets ijzigs in haar stem. 'De familie van die man die in het hotel logeerde. Lanzaru heet hij.'

Haar vader keek haar verbaasd aan, en zelfs haar moeder veerde op uit haar afwezigheid. 'Waar heb je het over?' vroeg ze.

'Die man met die gouden kettingen,' zei Edith. 'Met die dikke vrouwen bij zich. Hij heet Lanzaru. Hij is de grootste moordenaar van het hele eiland.'

'Sta niet uit je nek te kletsen,' zei Ediths vader. 'Hoe weet jij dat allemaal?'

'Geloof me nou maar. En ik zou ook maar snel gaan informeren in die fijne fabriek van je, hoe goed het daar allemaal geregeld is.'

De ruzie stuiterde knallend heen en weer door de kamer. Ze begonnen allebei steeds harder te schreeuwen. Ediths moeder probeerde ertussen te komen om de zaak te sussen, maar het was meer uit gewoonte dan uit overtuiging. Edith was niet meer in staat tot discussiëren. Ze schreeuwde ten slotte alleen nog maar. Ze zag Jeroen, hoe hij zwaaide naar de helikopter. En ze zag de treurige krotten in de duistere buurt waar ze met Canto had gelopen. Ze zag de lege blik in de ogen van de mensen. Ze hoorde het hoesten van Canto's moeder. En ze dacht aan het meisje dat neergeschoten was.

'En daar hou jij rekening mee!' beet ze hem toe. 'Met moordenaars.'

'En die terroristen in het hotel dan?' riep haar vader terug. 'Als je die hun gang laat gaan, is het eind helemaal zoek.'

'Dat is het al. Dankzij die fabriek van jou.'

In een reflex hief hij zijn hand op, zodat het leek of hij haar wilde slaan. Maar zover kwam het niet. Er werd gebeld. Edith bleef haar vader nog heel even woedend aankijken. Toen draaide ze zich om.

'Wat ben jij met een lul getrouwd!' beet ze haar moeder toe. Ze ging het slaapkamertje in en knalde de deur achter zich dicht. De buitendeur werd opengedaan en ze hoorde gedempt gepraat. Haar vader en nog iemand anders. Dat moest Canto zijn. Ze keek in de spiegel boven de wastafel en zag haar verhitte gezicht. Ze zag er niet uit, maar ze moest wel tevoorschijn komen. Ze gingen naar het hotel en ze wilde er zijn als er iets gebeurde, goed of slecht. Ze ging de kamer weer in en zag hoe haar moeder haar hoofdschuddend aankeek. Ze haalde in een verontschuldigend gebaar haar schouders op. Ze keek haar vader niet aan.

Canto was weer helemaal de perfecte chauffeur. De man die niets vroeg en alleen maar deed wat hem gezegd werd.

'I will drive you back,' zei hij.

Met zijn vieren gingen ze naar beneden. Ze liepen tussen de wachtposten door, die nog steeds bij de hoofdingang stonden. De Mercedes wachtte aan de stoeprand. Canto zei niets meer. Hij hield de portieren open en keek Edith niet aan toen ze instapte. Ze begreep het wel, maar ze was teleurgesteld. Vanaf de achterbank zocht ze zijn ogen in het spiegeltje, maar hij keek alleen naar de weg voor zich.

De weg naar het havenstadje was leeg. De bomen aan weerszijden lichtten op in het schijnsel van de koplampen. Ze haalden een oude, rammelende bus in. Geen toeristen, maar plaatselijke bewoners achter de flauw verlichte ramen. Op de boulevard gingen de dingen hun gewone gang. Maar toen ze in de buurt van het hotel kwamen, was de weg nog steeds afgezet. Ze mochten na een korte stop ongehinderd passeren en reden het plein voor het hotel op.

Er waren persfotografen en een handjevol toeschouwers, die op afstand werden gehouden. Canto passeerde een paar soldaten en stopte bij dezelfde officier die ze eerder ook al gezien hadden. Hij stapte uit en liep naar de man toe.

Edith keek naar hem. Zo vanuit de verte leek hij bijna een vreemde. Ze dacht terug aan de avond dat hij haar meegenomen had naar zijn moeder en de donkere sloppenwijk. Aan het verdriet en de woede in zijn stem toen hij, op het bankje onder de straatlantaarn, haar zijn verhaal verteld had. Aan dat ene moment dat ze zich aan elkaar vastgeklemd hadden. Ze glimlachte in het donker, maar ze voelde zich onmeetbaar droevig. Er zou geen vervolg op komen.

Canto kwam weer naar de auto toe.

'You may go into the hotel,' zei hij tegen Ediths vader. 'But not in the restaurant, of course.'

'In our own rooms?' vroeg Ediths moeder.

'Only in the main-building, I am afraid.' Hij hield de portieren weer open en deed een paar stappen terug. Edith voelde zich vreemd verlaten toen ze met haar ouders tussen de soldaten door, naar de hoofdingang liep.

'Gaan jullie maar naar de bar,' zei haar vader. 'Ik moet even met die man praten.' Hij knikte in de richting van de officier.

Edith aarzelde. Waar het vandaan kwam, wist ze niet, maar nog steeds had ze het gevoel dat haar vader niet alles verteld had. Toen liep ze achter haar moeder aan. Er was niets wat ze kon doen.

17

Jeroen zag hoe Arnold opzij vloog, alsof hij door een auto aangereden was. De man die geschoten had, keek onaangedaan toe toen Arnold een tafel raakte en kermend op de grond bleef liggen. Hij hield met beide handen zijn linkerbovenbeen vast, terwijl het bloed tussen zijn vingers doorkwam. Met een gil was Cornelie, zijn vrouw, overeind gesprongen. Ze wilde naar hem toe rennen, maar de kleine man richtte zijn wapen op haar en de man met de baard pakte haar van achteren vast. Ze worstelde om los te komen.

'Arnold!' schreeuwde ze. 'Laat me los, klootzakken!' Maar ze had geen schijn van kans.

De leider van de overvallers snauwde een bevel en alle gijzelaars werden onder schot gehouden. De man die in de keuken de buitendeur in de gaten had gehouden, was ook naar binnen gekomen. Maar niemand van de gijzelaars deed een poging om iets te ondernemen. Iedereen keek verstijfd van schrik naar Arnold, die kreunend tegen de tafel bleef liggen. De aanvoerder zei nog iets en Maria kwam in beweging. Ze ging naar Arnold toe en knielde bij hem neer. De kleine man kwam naast haar staan en hield Arnold onder schot. Ook dat was niet nodig. Het wapen dat Arnold veroverd had, lag in een hoek en de man met de baard bukte zich om het op te rapen.

'That was a stupid thing to do,' zei de aanvoerder tegen niemand in het bijzonder. Hij keek naar Maria en vroeg haar iets. Ze stond op en pakte een jasschort. Met haar tanden maakte ze het begin van een scheur en met een reep stof probeerde ze het been van Arnold te verbinden.

'They will shoot us all,' fluisterde Francesca. Ze had Jeroens arm vastgepakt.

Hij probeerde haar gerust te stellen, maar zelf was hij net zo angstig als zij. Mannen om je heen zien met wapens was één ding, maar iemand vlak naast je neergeschoten zien worden... De angst, die door het gesprekje met Francesca was weggeëbd, was weer terug. In alle hevigheid. De kou kroop omhoog naar zijn borst, zijn schouders en zijn nek en hij moest zijn best doen niet vreselijk te gaan rillen. Hij zag de spanning in de ogen van de terroristen. Er hoefde maar iets te gebeuren en ze zouden schieten. Mama... En Edith... Alles buiten het restaurant was onvoorstelbaar ver weg. Hemelsbreed lag die wereld binnen handbereik, maar hij kon er misschien nooit meer heen. Nooit meer de zon, nooit meer zomaar buiten rondlopen, gaan en staan waar je wilde. En Nederland lag op een andere planeet.

'Mama,' fluisterde hij. 'Mama, alsjeblieft.' Francesca kneep in zijn arm. Ze had het gehoord, maar hij geneerde zich niet. In plaats daarvan schoof hij voorzichtig iets naar haar toe en legde een arm om haar schouders. Ze liet het als vanzelfsprekend gebeuren. Hij rook de vage, zoete geur die om haar heen hing en merkte dat ze, alleen al daardoor, hem evenveel hielp als hij haar. Naast Francesca mompelde Laura, nauwelijks hoorbaar, steeds weer dezelfde woorden. Jeroen verstond *Santa Maria* en *Madonna*. Haar ogen staarden naar de kleine man, degene die geschoten had. Hij was de enige die niets van spanning liet zien, maar hij was de gevaarlijkste van allemaal. Gevaarlijker dan de woesteling met de baard.

Jeroen keek naar de twee kinderen die bij hun moeder en hun oma zaten en hij zag de angst in hun ogen. Hun bravoure was helemaal weg en hij voelde niets meer van de ergernis van de vorige dag. Hij had medelijden met ze.

Cornelie zat snikkend op een stoel, met de man met de baard vlak achter haar. Ze keek naar Maria, die nog een paar repen van de schort gescheurd had en probeerde het bloeden bij Arnold te stelpen. De twee Engelsen zaten zonder te praten naast elkaar en Jeroen zag tot zijn verbazing dat de vrouw al die tijd de duikbril op haar voorhoofd had gehouden. Hij wond zich daar opeens vrese-

lijk over op. Je bent gegijzeld, je kunt geen kant op, er zijn twee mensen neergeschoten en daar blijft het misschien niet bij. Dan kan je toch verdomme wel even die achterlijke bril van je stomme kop halen. Hij wilde haar toeschreeuwen dat ze dat ding weg moest gooien, maar toen voelde hij het haar van Francesca langs zijn wang strijken. Hij haalde diep adem en zijn woede zakte.
De telefoon ging.

Santin had niet gezien dat de gegijzelde man de uzi van Palos te pakken kreeg. Hij had achter zich een schreeuw gehoord en de man op Arnesto af zien stormen. In een fractie van een seconde wist hij dat hij weer voor de beslissing stond of hij op iemand moest schieten of niet.
De tijd stond stil. Zijn hart stond stil. Zijn vinger was aan de trekker en hij deed zijn ogen dicht. Hij kon het niet.
Het schot uit het wapen van Tachis kwam als een verlossing. Santin deed zijn ogen weer open en zag hoe de man opzij gegooid werd. Iedereen keek ernaar en niemand had waarschijnlijk zijn aarzeling gezien. Hij vervloekte zijn zwakheid. Hij had zo graag in actie willen komen, en op een beslissend moment als dit was hij geen man, maar een bange jongen. Hij kon zijn vader niet meer onder ogen komen. Als die tenminste ooit nog vrijkwam.
Hij keek naar Maria, die de man aan het verbinden was. Haar kalmte deed extra pijn. Ze was duizend keer zoveel waard als hij. Santin plantte zijn voeten nog eens stevig op de grond en liet zijn blik langs de slachtoffers gaan. Die jongen zat nog steeds naast dat stuk uit Italië. Hij had nota bene zijn arm om haar schouders en zag er niet uit of hij erg bang was. Maar het zou kunnen dat hij dat verkeerd zag. Het restaurant was weer min of meer tot rust gekomen. Er klonk alleen gesnik van de vrouw van de neergeschoten man.
Het rinkelen van de telefoon had bijna hetzelfde effect als het schot uit de uzi van Tachis. Santin voelde hoe zijn zenuwen, die toch al tot het uiterste gespannen waren, een extra opdonder

kregen. Het scheelde niet veel of hij schreeuwde het uit van schrik.

'Ja?' Arnesto had de telefoon opgenomen. Hij luisterde even en zei toen: 'We hebben een gijzelaar neergeschoten, ja. Hij verzette zich. (...) Daar doe ik geen mededelingen over. Bel over een kwartier terug. (...) Nee, jullie hebben niks te eisen, verdomme nog aan toe! Dat doe ík alleen maar. (...) Luister,' – zijn stem werd nog hoger dan hij al was – 'als jullie niet nog meer slachtoffers willen, bel je over een kwartier terug. Verder doen jullie niets, begrepen?' De andere kant antwoordde weer en Santin zag dat Arnesto aarzelde. Toen zei hij: 'Goed, maar ongewapend. Over precies vijf minuten. En als jullie je niet aan de afspraak houden, valt hier het volgende slachtoffer, twijfel daar niet aan.' Hij hing de telefoon op. 'Licht uit,' zei hij toen. Valeo drukte op een schakelaar naast de deur naar de keuken. Het werd donker in het restaurant.

'Houd iedereen onder schot.' Arnesto keek om zich heen en zijn blik bleef rusten op Santin. 'Ze gaan die man bij het zwembad weghalen. Jij houdt ze door de gordijnen in de gaten. Maak de kier zo smal mogelijk. Als ze naar het restaurant komen, waarschuw je.' Toen keek hij naar Tachis.

'Schieten bij de eerste de beste waarschuwing.'

Tachis knikte. 'Wie?' vroeg hij.

Arnesto knikte in de richting van de oma van de twee kinderen. Die hadden gehoord wat Arnesto zei en ze schreeuwden van schrik.

'Kop dicht!' snauwde Arnesto. 'Nu direct!' De kinderen zwegen als bij toverslag.

Santin stond bij het raam en keek door een minuscuul kiertje naar buiten. Het zwembad baadde in licht. De man lag nog steeds in dezelfde houding, voor zover hij kon zien. Het kon haast niet anders, of hij was dood. Santins maag draaide zich om en hij kreeg de smaak van gal in zijn mond. Er was bij de muur nog geen beweging te zien. Santin maakte de kier een fractie breder. En toen zag hij ze. Drie soldaten klommen over de muur. Ze hadden helmen op, maar Santin zag geen wapens. Ze lieten zich zakken en landden tussen de struiken onder aan de muur.

Santin hield zijn adem in. 'Daar zijn ze,' zei hij zacht, meer tegen zichzelf dan tegen iemand anders. Achter hem zei Arnesto: 'Zie je wapens?'

'Geen wapens.'

De soldaten haastten zich naar de hoek van het zwembad. Een van hen knielde neer bij het roerloze lichaam. Hij hield zijn oor bij de mond van de man. Zinloos natuurlijk. Toen zag Santin hoe de soldaat zijn armen onder het lichaam schoof en de man optilde. Santin fronste zijn wenkbrauwen. Een dode man pak je bij zijn armen en zijn voeten. Of je legt hem over je schouder. Zo had hij verwacht dat ze het zouden doen. Zoals het nu ging, leek het of de soldaat een kind optilde dat sliep. Hij liep moeizaam terug naar de muur, terwijl de andere twee hem voorgingen. Toen ze bij de muur waren, werd er van de andere kant iets overheen gegooid. Een plank? Santin tuurde ingespannen naar de struiken. Een brancard was het. Het lichaam werd erop gelegd en er bleken lijnen aan de brancard te zitten, want het hele spul werd vanaf de andere kant opgehesen. Het was een heel gedoe, maar Santin zag hoe de soldaten erin slaagden om de brancard horizontaal te houden. Toen kwamen er nog twee mannen tevoorschijn en het lichaam werd behoedzaam naar de andere kant getild. De soldaten klommen over de muur. Ze hadden verder niets gedaan, niets onderzocht. Alleen maar het lichaam opgehaald en rond het zwembad was geen beweging meer te zien.

'Zijn ze klaar?' vroeg Arnesto. Hij stond bij Maria en de gewonde man.

'Hij leeft nog.' Santin draaide zich om. Er was een enorme last van hem afgegleden, een berg van graniet, en hij had de neiging om hardop te lachen. 'Hij leeft nog,' zei hij weer. 'Ik weet het zeker.'

'Jammer,' gromde Palos. 'Te snel geschoten, denk ik.' Hij knipoogde.

'Doet er niet toe,' zei Arnesto. Hij keek naar Maria, die opstond.
'Klaar?'
'De kogel zit er nog in,' zei ze. 'Maar het bloeden is bijna gestopt.'
Arnold lag stil in de hoek, zijn ogen waren dicht. Ze lieten Cornelie erbij. Voorzichtig knielde ze naast hem neer en ze streek over zijn hoofd, terwijl ze zachtjes tegen hem praatte.
'De uniformen,' zei Arnesto. 'Die hebben we heel binnenkort nodig.'
Maria knikte en ze liep de keuken in, met Santin achter zich aan. Achter in de keuken was een schoonmaakkast. Ze schoof wat spullen opzij en sleepte toen een vrij grote doos naar buiten.
'Dat zijn ze,' zei ze.
'Wanneer heb je die daar neergezet?' Santin schopte de bezems aan de kant en deed de kastdeur dicht.
'Gisterochtend.'
'En niemand heeft het gezien?'
Ze schudde haar hoofd.
'Dat is maar goed ook,' zei Santin. 'Dan was je erbij geweest.'
'Ja, dat denk ik wel.' Ze bukte zich om de doos op te pakken. Het klonk laconiek.
'Je bent heel moedig, weet je dat?' zei Santin. Hij voelde zich warm worden van bewondering. En van nog meer, dat wist hij. Maar daar was nu geen tijd voor. 'Laat mij die doos maar dragen,' zei hij.
'Dat hoeft niet.' Ze lachte naar hem. 'Hou jij je geweer nou maar vast.'
'Ik ben heel blij dat ik die man niet heb doodgeschoten,' zei hij opeens. Hij had het helemaal niet willen zeggen. Hij was bang dat ze hem een slappeling zou vinden. Maar hij moest het aan haar kwijt. 'Ik voel me vreselijk opgelucht.'
'O?' zei ze. 'Wat is er overgebleven van Santin de moedige strijder?'
Daar had je het al. Hij wist niet wat hij daarop zeggen moest en hij haalde zijn schouders op.

'Zal ik je eens wat zeggen?' zei ze. 'Ik ben ook blij dat hij nog leeft. Maar ik ben nog blijer dat je zo opgelucht bent.'

'Hoe dat?' Hij keek haar vragend aan. 'Vind je me geen watje dan?'

'Misschien wel,' zei ze. 'Ik hou niet zo van die harde jongens.' Ze glimlachte naar hem en hij voelde hoe een rode kleur over zijn wangen omhoogkroop. De fighter Santin was heel even weer een schooljongen. Ze liep voor hem langs naar het restaurant, achteroverhellend door het gewicht van de doos.

Toen ze terug waren, ging weer de telefoon.

18

Tien minuten later hadden Palos, Valeo, Tachis en Santin zich verkleed als militairen. Het uniform van Tachis had sterren op de epauletten. De spullen hadden in de doos gezeten, met schoenen, helmen en al. De gijzelaars hadden alles met grote ogen aangezien, maar niemand had verder gereageerd. Daarna was er nog iets schokkends gebeurd: Palos had in de keuken zijn baard afgeschoren. Hij zag er kaal en bleek uit zonder die woeste beharing en je herkende hem bijna niet.

Santin voelde zich onwerkelijk in het gehate uniform. Toen hij een klein jongetje was, had hij soldaten allemaal prachtig gevonden, maar dat was hem op een hardhandige manier afgeleerd. Soldaten waren inmiddels in zijn ervaring hard en zonder emotie. Niet meer dan werktuigen in de handen van mensen zoals Lanzaru en Sonoscu.

Onder in de doos lagen opgerolde lijnen van een soort nylon, dun en soepel, maar ijzersterk. 'Vastbinden, twee aan twee. Daaraan.' Arnesto wees naar de smalle zuilen midden in het restaurant. Palos en Christan liepen op de gijzelaars af en trokken om te beginnen de twee Engelsen overeind. De vrouw stribbelde even tegen, maar de greep van Palos was onverbiddelijk. Terwijl de andere gijzelaars onder schot werden gehouden, werden de Engelsen op de grond gezet en ruggelings aan een zuil vastgebonden. Daarna de vrouw van Lanzaru en haar kinderen. De jongen en het meisje waren doodsbang en begonnen weer te huilen, maar Palos was er onverschillig voor. De vrouw van Lanzaru had vanaf het begin van de gijzeling nauwelijks iets gezegd en ook nu liet ze zich niet horen. Haar blik was leeg en Santin had het idee dat ze niet tot zich liet doordringen wat er gebeurde. Misschien dacht ze dat haar laatste uur geslagen had en had ze de moed niet om zich te verzetten.

Haar moeder gaf meer problemen.

'Denk maar niet dat jullie wegkomen,' grauwde ze. 'Ze zullen jullie als stukken stront vertrappen op straat.'

'Hou je kop, stom dik wijf,' zei Palos onverstoorbaar. 'Je woorden stinken als het riool.' Ze moesten haar met zijn tweeën van haar plaats slepen, maar tenslotte had ze een zuil voor zich alleen.

Toen stapte Santin op de twee Italiaanse fotomodellen af. Eerst greep hij die met het zwarte haar bij de arm, maar ze schudde hem met een onverwachte, snelle beweging van zich af.

'Porco!' siste ze hem toe. Toen stond ze op en liep als een koningin naar een lege zuil. Daar ging ze met haar rug tegenaan zitten, zonder Santin nog aan te kijken. Hij liep naar haar toe met een stuk touw in zijn hand en voelde zich belachelijk. Ook toen hij haar aan de zuil vastbond, slaagde ze erin hem het idee te geven dat ze hem volledig de baas was. Met een rood hoofd kwam hij overeind en hij keek recht in het grijnzende gezicht van Palos.

'Is er iets?' vroeg Santin.

'Zit ze goed vast?' Palos keek naar de Italiaanse op de grond. 'Of zal ik het nog even controleren?' Hij bukte zich.

'Dat is helemaal niet nodig,' zei Santin. 'Ik weet heus wel wat ik doe.'

'Hou eens op,' zei Arnesto tegen Palos. 'Die andere.'

Palos liep naar de hoek waar het andere model en de jongen nog steeds naast elkaar zaten. Hij bleef voor haar staan en maakte een galante buiging. Ze keek nog even naar de jongen en stond op. Palos liet haar voorgaan en bond haar bij haar collega aan de zuil vast.

'Zo doe je dat,' zei hij tegen Santin.

'Die jongen niet vastbinden,' zei Arnesto. 'We nemen hem mee. Hij is onze veiligheidsgarantie.'

Santin zag dat de jongen begreep dat hij werd overgeslagen en dat hij het niet snapte. En hij zag de toenemende angst in zijn ogen.

De gewonde man werd naar een zuil gesleept. Hij kreunde van pijn en het provisorische verband vertoonde een steeds groter wordende bloedvlek. Even later zat hij met een vertrokken gezicht rug aan rug met zijn vrouw.

Arnesto wenkte al zijn makkers mee naar een hoek van het restaurant. 'Er staat een jeep in het straatje naast de muur,' zei hij. 'Als onderdeel van de omsingeling.' Hij keek Maria aan. 'Met twee soldaten, zei je?' vroeg hij haar.

'Ik heb er twee gezien,' zei ze. 'Een achter het stuur en een ernaast. Maar dat kan nu wel anders zijn.'

'Ik denk het niet,' zei Arnesto. 'Het zijn wachtposten. Ze worden hooguit afgelost. Luister wat we gaan doen.'

Hij vertelde welk plan hij bedacht had.

Jeroen wilde niet de uitzondering zijn. Helemaal alleen zat hij nog met zijn rug tegen de muur op het dekbed. Hij voelde zich naakt en onbeschermd. Vastgebonden aan een van de zuilen, net als de anderen, was veel veiliger.

Hij keek naar Francesca. Ze zat in een ongemakkelijke houding, half van hem afgekeerd. Ze had één keer over haar schouder achteromgekeken en dapper geglimlacht. De stille man, degene die geschoten had, stond bij Jeroen. Hij hield zijn wapen losjes vast alsof hij niet van plan was om ermee te schieten. Maar Jeroen wist dat dat schijn was. Van alle overvallers was deze de meest angstaanjagende.

'I have to go to the toilet,' zei Jeroen.

Tot zijn verrassing knikte de man. Hij liep met Jeroen mee naar de wc en zette daar zijn voet tussen de deur, om te voorkomen dat Jeroen hem op slot zou doen. Dat was Jeroen trouwens niet van plan. Hij was ook helemaal niet van plan om hetzelfde te doen als Arnold. Spelen met zijn leven.

De man keek hem glimlachend aan toen hij weer naar buiten kwam. Echt een sympathieke soldaat in een iets te groot uniform. Toen ze terug waren in het restaurant, beduidde de man dat Jeroen weer moest gaan zitten. Hij zag hoe Francesca weer naar hem keek. Het was duidelijk te zien hoe ongerust ze was. Zij vroeg zich waarschijnlijk ook af waarom hij als enige niet was vastgebonden.

Aan de overkant waren de andere overvallers klaar met hun korte bespreking. Een van hen haalde een rol tape uit de doos van de uniformen en begon bij de gijzelaars hun mond af te plakken, om te beginnen bij de oma van de twee kinderen. Ze zag kans nog een kort spervuur van kwaadaardigheid op hem los te laten, maar hij trok haar hoofd achterover en smoorde haar woorden met de zilvergrijze tape.

Toen zag Jeroen dat de aanvoerder naar hem toe kwam. Hij bleef vlak voor Jeroen staan en zei: 'Stand up, please.'

Jeroen voelde een ijskoude hand in zijn nek. Hij stond op en keek de man aan. Die gebaarde met zijn hoofd in de richting van de keukendeur.

'That way,' zei hij.

Jeroen liep als in een roes langs de vastgebonden gijzelaars, langs Francesca. Ze had nog geen tape voor haar mond en keek dodelijk verschrikt toe nu hij, met de gewapende man achter zich, naar de deur liep.

'Dzjeroon!' schreeuwde ze. 'No! No!'

Toen was de man met de rol tape bij haar en Jeroen hoorde haar niet meer. Hij liep de keuken in. Hij zag hoe Maria bij een kleine deur aan de zijkant stond te wachten.

Santin keek naar Palos, die bij iedereen de mond afplakte en overeind kwam toen hij klaar was met de gewonde man, die het laatst aan de beurt was geweest.

'We gaan,' zei hij. Santin volgde hem naar de keuken, samen met Tachis en Valeo. De gijzelaars staarden hen na. De oma schudde haar hoofd heen en weer, alsof ze daarmee de tape los kon krijgen. Haar woedende blikken waren duidelijk. Wat dat betreft, was de tape overbodig. De mannen lieten het restaurant achter zich en liepen in de keuken naar een kleine zijdeur. Toen Maria die voorzichtig opendeed, zag Santin dat het eerste bijgebouw niet meer dan een meter of tien daarvandaan was. Het gebouw stond in de schaduw van de zwembadverlichting. Arnesto stapte voorzichtig naar voren en keek naar buiten. Hij zag niemand, maar hij wist dat om de hoek, bij de grote buitendeur van de keuken, soldaten waren.

Santin hield zijn adem in. Dit was een riskant moment. Ze moesten dat stuk van tien meter oversteken en ze wisten niet of iemand hen, al of niet toevallig, zou opmerken. Maar het was hun enige kans. Arnesto wenkte hem naar voren en hij ging bij de deur staan.

'Rechts aanhouden, en dan naar die struiken toe,' fluisterde Arnesto. 'En zo door naar het volgende gebouw.'

Santin likte zijn droge lippen en keek naar Maria. Ze knikte. Toen keek hij naar de struiken aan de overkant en stortte zich geluidloos in het donker. Hij hield zijn schouders opgetrokken om de kogels af te weren, maar er gebeurde niets. Zonder problemen bereikte hij de beschermende schaduwen. Hij stopte niet, maar sloop door in de richting van het volgende gebouw. Intussen hoorde hij hoe iemand hem gevolgd was. Tot zijn grote opluchting kwam er geen enkele reactie en zijn bewondering voor Arnesto werd alleen maar groter. Het plan dat hij bedacht had, was eenvoudig maar heel doeltreffend. Alle aandacht was gericht op de hoofdingang aan de andere kant van het hotel. Santin ging als in een roes verder en bereikte ten slotte het achterste gebouw, vlak bij de muur langs de straat. In de uiterste hoek van de muur was het deurtje, waardoor ze de vorige dag binnengekomen waren. Santin ging met zijn rug tegen de muur staan en wachtte op de rest. Aan de andere kant hoorde hij het gemompel van stemmen. De wachtposten waren er nog.

De volgende die aankwam, was Valeo. Daarna volgden Palos en Tachis. De laatste ging naar het deurtje en stak de sleutel, die Maria hem had meegegeven, in het slot. Millimeter voor millimeter draaide hij hem om. Het ging geluidloos, omdat het slot goed gesmeerd was. Santin voelde een vlaag van trots toen hij zich voorstelde, hoe Maria haar voorzorgen genomen had. Ze had heel wat meer van de plannen van Arnesto geweten dan hij.

Tachis had de sleutel omgedraaid en met dezelfde zorgvuldigheid als daarvoor opende hij het deurtje.

19

Bij de hoofdingang van het hotel stond een middelgrote bus in de kleuren zilver en zwart. De ramen waren afgeplakt. Er zat niemand achter het stuur en meters eromheen hadden de soldaten zich teruggetrokken. Edith en haar ouders waren uit veiligheidsoverwegingen het hotel weer uit gestuurd en ze stonden aan de rand van het plein. Ediths vader had gezegd dat de officier hem verteld had dat er geen mededelingen werden gedaan over de laatste schietpartij. Ediths moeder was een zenuwinstorting nabij. Ze zag lijkbleek en stond zichtbaar te trillen op haar benen. Iedereen stond strak van de spanning. Er werd alleen op gedempte toon gepraat. De officier had via een mobilofoon voortdurend contact met anderen, ondergeschikten of misschien het paleis van de president. Of het vliegveld.

'Wat gaat er nou precies gebeuren?' vroeg Edith. Haar woede was gezakt.

'Ze komen naar buiten,' zei haar vader. 'We weten niet wie ze nog bij zich hebben, maar de meeste gijzelaars zullen vrijgelaten worden. En het geld ligt in een koffer in de bus.'

'Heb jij daarvoor gezorgd?'

Haar vader knikte.

Nou, dat was tenminste iets. 'En dan?' vroeg ze.

'Dan gaan ze naar het vliegveld.'

'Bedoel je dat ze ze zomaar laten gaan?' vroeg Edith ongelovig.

Haar vader antwoordde niet. Hij keek gespannen naar de deuren van de hoofdingang. Edith keek naar de bus, die eenzaam midden op het plein stond. Toen keek ze om zich heen, alsof ze wilde ontdekken wat de val was waarin ze de overvallers wilden laten lopen. In een flits dacht ze weer aan wat Canto verteld had. En aan wat ze gezien had in de sloppenwijk. Diep in haar hart wilde ze dat de overvallers niet gepakt zouden worden. Maar dat viel in het niet bij wat ze het allerliefst wilde: dat Jeroen ongedeerd uit het hotel tevoorschijn kwam. De rest was bijzaak.

Het bleef stil bij de ingang. Achter zich hoorde ze hoe een jeep het plein afreed en om de hoek van de boulevard verdween. Niemand deed verder iets. Ze wachtten alleen maar. Ze voelde hoe de spanning steeg. Naast zich hoorde ze een zucht. Ze keek en zag tot haar schrik dat haar moeder stond te wankelen op haar benen. Ze schoot toe en was net op tijd om haar op te vangen.

'Mama valt flauw,' zei ze geschrokken tegen haar vader. Ze liet haar moeder voorzichtig op de grond zakken en hield haar tegen zich aan.

'Mama,' zei ze, terwijl ze haar moeder zacht tegen de wang tikte. 'Mama, wat gebeurt er? Toe, mama.' Ze keek naar haar vader. 'Is hier een dokter?'

Haar vader was geschrokken op zijn hurken gaan zitten.

'Dat weet ik niet,' zei hij. 'Is ze bij?'

'Niet echt.' Edith streek haar moeder over het voorhoofd. 'Mama, kom,' zei ze. 'Word wakker.'

Haar moeder kreunde licht, maar hield haar ogen gesloten.

'Ze komt weer bij, geloof ik,' zei Edith. Ze zag niet hoe achter haar de zwarte Mercedes in beweging was gekomen en langzaam achteruit het straatje naast het hotel inreed. Niemand lette daarop. De aandacht was gericht op haar en haar moeder, maar vooral op de bus voor het hotel.

'Heeft er iemand water of zo?' vroeg Edith. 'Jemig, wat een puinhoop. Waarom doet niemand iets?' Ze boog zich weer over haar moeder. 'Mama,' zei ze. 'Ben je er weer? Kom.'

De officier kwam aanlopen. 'What is wrong?'

'It is my wife,' zei Ediths vader. 'Do you have water?'

De officier keek om zich heen en wenkte een van de soldaten. Hij gaf een kort bevel. De man haakte een veldfles van zijn riem en gaf hem aan Ediths vader. Die goot voorzichtig wat water in de mond van zijn vrouw.

'Wat is er gebeurd?' vroeg ze met een zwakke stem.

'Je viel flauw,' zei Edith. 'Ik kon je nog net opvangen.'

'Jeroen?' vroeg haar moeder.

'Nog niet.' Edith keek om zich heen. Vanuit haar ooghoeken zag ze beweging in het smalle straatje naast het hotel. Ze zag hoe de Mercedes van Canto daaruit kwam rijden. Hij draaide het plein op en reed in de richting van de boulevard. Ze staarde hem na. Canto reed weg, en ze wist opeens met zekerheid dat hij niet meer terug zou komen. Haar eerste opwelling was zijn naam te roepen, hem achterna te rennen om te zeggen dat ze met hem mee wilde gaan, het maakte niet uit waarheen. Maar ze deed het niet. Hij reed weg en daar had hij een goede reden voor. De auto verdween om de hoek van de boulevard. De pijn kwam haar hoofd binnen en vulde haar hele lichaam.

Als in een droom was Jeroen het donker ingegaan. De aanvoerder van de overvallers duwde hem voor zich uit en hij moest zijn best doen om niet te vallen. De takken van de struiken schramden zijn armen en zijn gezicht. Hij zag de andere gebouwen van het hotel een voor een opdoemen, om daarna weer achter hem in het donker te verdwijnen. Ten slotte belandden ze achter in de tuin bij een kleine deur in de muur.

'Wait here.' De aanvoerder bleef pal achter Jeroen staan. Hij fluisterde iets tegen Maria, die ook bij het deurtje aangekomen was. Jeroen keek om zich heen. Er stonden lage struiken tegen de muur en hij zag iets liggen. Een donkere vorm achter een lage struik. Hij zag dat het een lichaam was. Even verder lag er nog een. Hij voelde de loop van het wapen van de aanvoerder in zijn zij.

Dit was het dan. Hier zou het aflopen, achter in de tuin van het hotel, tussen de struiken in het donker. De bittere smaak van angst kwam uit zijn maag omhoog en brandde in zijn keel. Wild keek hij om zich heen. Hij moest hier weg! Over de muur, of tussen de struiken door naar het zwembad. Hij wilde niet doodgaan. Hij wilde niet! Hij haalde adem om te schreeuwen, en een hand greep zijn arm vast.

'No noise,' zei een stem zacht. Het was de andere overvaller die nog bij hen was. Een ijzeren greep en Jeroen wist dat er geen kans was om te ontsnappen. Zoute zweetdruppels kwamen dwars door zijn wenkbrauwen heen en prikten in zijn ogen. Hij hoorde de stem van Francesca toen ze het restaurant verlaten hadden. *Dzjeroon! No! No!* Hij zag zijn moeder, Edith, zijn vader, alles kwam voorbij. Een schoolplein, met een zandbak en een vreselijk lieve juf. Zijn nieuwe fiets, en een heuvel in het bos. De bocht die hij niet kon houden. Vliegtuigstrepen in de lucht. Een boom in bloei. Brigit. Ze lachte en rende naar zee.

De greep om zijn arm werd sterker. Hij zag hoe Maria het deurtje opendeed en het straatje in keek. Er stond niemand, maar Jeroen hoorde het geluid van een auto die langzaam aan kwam rijden. Hij kreeg een duw in zijn rug en ging het deurtje door. Vlak voor hem stond een zwarte Mercedes met zwarte ramen. Hij snapte er niets van.

De man die hem vasthad, opende het achterportier en duwde Jeroen de auto in. Hij kwam er zelf achteraan. Aan de andere kant kwam de aanvoerder naast hem zitten. Maria stapte voorin. De man achter het stuur zei zacht iets. De aanvoerder antwoordde, terwijl hij de loop van zijn wapen stevig in Jeroens zij duwde. Zo stevig dat Jeroen naar adem snakte. Hij was nog steeds doodsbang, maar ze zouden hem niet doodschieten, nu niet. Waarom zouden ze anders al die moeite doen?

De auto reed langzaam en nagenoeg geruisloos vooruit en bereikte het plein voor het hotel. Tussen de chauffeur en Maria door zag Jeroen een bus staan en hij zag soldaten. Ze letten niet op de auto die het plein opreed. Er stond een groepje mensen, niet ver bij hen vandaan. Jeroen kon in het donker niet onderscheiden of er mensen bij waren die hij kende.

Ze verdwenen uit beeld, omdat de auto draaide en in de richting van de boulevard reed. Linksaf en ze kwamen bij een controlepost met soldaten. Jeroen voelde de loop in zijn zij en de hand die hem aan de andere kant stevig vasthield. De auto stopte en de chauffeur liet het raam een stukje zakken. Hij zei iets en de soldaat die naast de wagen stond, zei iets terug. Jeroen kon hem niet zien. Er zou iets verschrikkelijks gebeuren als die soldaat naar binnen zou kijken en zou zien wie er op de achterbank zaten. Hij kneep zijn ogen stijf dicht en zette zich onwillekeurig schrap. Maar er gebeurde niets. De chauffeur deed het raam weer omhoog en trok rustig op. De controlepost verdween achter hen. De wagen zoefde in een rustig gangetje over de boulevard. Niemand zei iets. Jeroen keek door de voorruit naar de weg en de lichten van bootjes op het water. Zijn paniek was verdwenen en had plaatsgemaakt voor een soort verdoving. Het leek alsof hij een pop was die van een afstand bestuurd werd, maar zelf niets kon voelen. Hij staarde het donker in.

Aan het eind van de omhooglopende straat waar ze nu reden wist Santin het grote, sombere gevangenisgebouw. Hij zat naast Tachis, die de jeep bestuurde. Een eind terug hadden ze Palos en Valeo achtergelaten. Zij zouden lopend naar het afgesproken punt gaan. Tachis en Santin zouden de gevaarlijkste actie uitvoeren: twee gevangenen ophalen.
'Ze laten ze nooit gaan,' had Santin gezegd.
'Ze verwachten ons.' Het antwoord van Tachis was zelfverzekerd geweest. 'Er is gebeld dat we ze komen halen.'
Maar Santin vertrouwde het niet. Het was te makkelijk gegaan. De toestemming was erg snel gekomen. Hij keek de donkere straat in. Aan het eind zag hij de omtrekken van het dreigende gebouw. Zijn handen waren nat van het zweet. Hij zag het gezicht van zijn vader voor zich, misschien vertrokken van pijn door de martelingen. Het zou fout kunnen gaan. Zo dicht bij hem en als het mislukte, zouden ze elkaar misschien nooit meer zien. Gedurende de hele actie was zijn leven in gevaar geweest, maar nu naderde een directe ontmoeting met de tegenstanders. Santin zag zijn huis voor zich, met zijn moeder die, hoe dan ook, alleen zou achterblijven, voor lange tijd misschien. Haar vertrouwde, lieve gezicht. Hij zag de zomer in de straat. Voetballende kinderen en hijzelf als spits. De markt. Vro-

lijke kooplui en kisten met fruit. Maria. Ze kwam naar hem toe en lachte.

De jeep stopte voor de poort van de gevangenis.

'Jij hoeft niets te zeggen,' zei Tachis. 'Laat het maar aan mij over.'

Santin was opeens blij dat Tachis bij hem was. Palos was dan wel beresterk – Santin had gezien hoe hij de twee wachtposten bij de jeep met zijn grote vuisten de keel had dichtgeknepen om ze vervolgens bijna achteloos tussen de struiken te deponeren, na ze snel en vakkundig te hebben vastgebonden – maar hij was te woest en Valeo was veel te gespannen.

Tachis was zo koud als ijs. Het leek wel of niets hem van zijn stuk kon brengen. Rustig stapte hij uit de jeep en Santin volgde hem naar de poort. De bel werd beantwoord door het knarsen van het slot. De poort ging open en ze liepen erdoor. Santin had niet gedacht dat hij dit gebouw nog eens zou binnengaan. Hij keek van onder zijn helm met een neutrale blik naar de wacht die hen binnenliet. Hij hoopte dat de spanning, die hem bijna naar adem deed snakken, niet zichtbaar zou zijn.

'Gevangenentransport,' zei Tachis. 'Twee man.'

'Namen?' De wacht keek hem aan.

'Gazarli en Ronsas,' zei Tachis. 'Schiet op, kerel.'

De wacht aarzelde even. 'U hebt een bevel bij u?' vroeg hij.

Tachis haalde geërgerd een bedrukt papier uit de binnenzak van zijn uniformjasje. 'Ik heb geen tijd voor bureaucratie,' zei hij. Hij wapperde het papier voor de ogen van de man heen en weer. 'Snel, alsjeblieft.'

De wacht bleef nog steeds staan.

'Beste vriend.' Tachis slaagde erin zijn stem zalvend en tegelijkertijd ijskoud te laten klinken. 'Ben je een beetje tevreden met je werk hier?'

De man knikte sprakeloos.

'Dan wil je dit baantje vast wel houden.' Tachis kwam een stap naar hem toe. 'Wel eens van Lanzaru gehoord?'

'Ja natuurlijk.' Het gezicht van de man werd een ruime tint bleker.

'Zal ik hem bellen?' vroeg Tachis, terwijl hij naar de telefoon op de tafel keek. 'Hem vertellen hoe de medewerking hier is?'

De man keek of hij het ter plekke in zijn broek stond te doen. 'Nee, nee, dat is niet nodig,' haastte hij zich te zeggen. 'Helemaal niet. Maar u begrijpt, dat we niet zomaar...'

'Ik begrijp het,' zei Tachis. 'Als dat je blij maakt. De gevangenen, alsjeblieft.'

De man haastte zich naar de deur achter zich.

'Gazarli en Ronsas!' riep hij. 'En snel een beetje.' Voetstappen haastten zich weg.

Santin staarde naar de muur tegenover hem. Er hing een wachtrooster in een lijst. Erboven een foto van president Sonoscu. Santin keek hem aan en Sonoscu keek terug. Griezelig was het. Santin voelde zich bekeken. En weer wenste hij dat hij buiten was, in de zon. Slenterend langs de zee, ver van alle dreiging en alle geweld. Gewoon zijn leven leiden. Maar hij wachtte op zijn vader. Ergens in dit gebouw ging nu een celdeur open en kwam zijn vader tevoorschijn, samen met Bardo Ronsas. Misschien zou hij denken dat hij werd opgehaald om geëxecuteerd te worden. Waarom werd je anders midden in de nacht uit je cel gehaald?

Aan de andere kant van de deur kwamen de voetstappen terug, maar nu waren het er meer. Santin zette zich schrap en duwde zijn helm iets meer over zijn voorhoofd. Hij ging naast de deur staan, zodat hij uit het zicht van de gevangenen zou zijn als die binnenkwamen.

De deur ging open. Ronsas kwam als eerste het wachtlokaal binnen, gevolgd door een kleine, gebogen man. Santin zag hoe slecht zijn vader eruitzag. Pijn in zijn ogen. Santin ging achter hem staan.

'Is het in orde zo?' vroeg de wachtcommandant.

'Uiteindelijk wel,' zei Tachis onverstoorbaar. Dat die zo kalm kon blijven! 'Het valt me alles mee.'

De wachtcommandant wenkte met zijn hoofd naar de buitendeur en de soldaat die bij de cellen vandaan kwam, opende die.

'Lopen.' Tachis duwde de gevangenen in de rug. Santin stond ernaar te kijken en hij kon haast niet geloven dat het ging lukken. Hij moest zichzelf dwingen om ook naar de deur te gaan. Hij was geen toeschouwer, hij deed mee.

De wachtcommandant salueerde en Tachis maakte een nonchalante beweging met zijn rechterhand.

'Goed werk,' zei hij nog. Toen stonden ze buiten.

Vanuit de geopende deur zag de wachtcommandant hoe de gevangenen achter in de jeep gingen zitten. Hij zag dat de officier achter het stuur ging zitten. Dat vond hij wel raar, maar alleen al het horen van de naam Lanzaru had hem huiverig gemaakt. Hij trok zijn handen ervan af. Hij zag nog hoe de soldaat naast de officier zich omdraaide om de gevangenen in het oog te kunnen houden. Toen deed hij de deur dicht.

De jeep reed weg. De soldaat schoof zijn helm naar achteren en keek de rechter gevangene stralend aan.

'Papa,' zei hij.

20

Bij de hoofdingang van het hotel was geen beweging te zien. De bus stond er nog steeds en soldaten bleven het hotel onder schot houden. Ediths moeder was weer opgekrabbeld.

'Ga anders even in de auto zitten,' zei Ediths vader. Hij keek om. De Mercedes was er niet meer. 'Of daar, op dat bankje.' Hij sloeg een arm om haar heen en bracht haar naar de rand van het plein. Edith liep mee en ging naast haar moeder zitten.

'Waarom gebeurt er niets?' vroeg ze. 'Ik word gek.'

'Geduld,' zei haar vader.

'Geduld? Er is geschoten, zei je. Gaan ze wachten tot iedereen dood is?'

'Jij wou toch niet dat ze zouden aanvallen?'

Hij had gelijk. Ze wist het niet meer. Het enige dat ze wilde, was dat het voorbij zou zijn. Dat ze Jeroen om zijn nek kon vliegen. Broertje, broertje.

De ingang van het hotel was verlicht, maar er was niemand te zien. Het wachten duurde en duurde. Boven haar stonden de sterren aan de hemel in de warme avond. Boven het hotel was de volle maan te zien. Het paradijs was weer compleet.

Er gebeurde nog steeds niets.

Aan het eind van de boulevard, waar de rotsen begonnen, stopte de Mercedes. De koplampen doofden. Maria stapte als eerste uit. Ze liep doelbewust weg en verdween achter een rotsrichel. Jeroen voelde weer een por in zijn zij. De man naast hem stapte uit en hij moest erachteraan. Aan de andere kant van de auto stapte ook de aanvoerder uit. Ze waren de straatverlichting voorbij, zodat het donker om hen heen was. Jeroen voelde weer een duw in zijn rug en ze liepen in de richting van de rotsen. Maria was nergens meer te zien. Beneden zich hoorde Jeroen het klotsen van de zee tegen de kust. Er was geen wind en bijna geen golfslag.

De angst kwam razendsnel op en verstikte hem nagenoeg. Hier dan? Onder aan de rotsen in het donker? Maar waarom? Wat had hij met die mensen te maken? Hij voelde de koele blik in de ogen van de man achter hem. De manier waarop hij hem zo belangstellend had bekeken. Waarom hij?

'Let me go. Please!' zei hij tegen de man achter hem, met een stem die hoog was van angst. Maar de enige reactie was een nieuwe duw in zijn rug.

Ze kwamen bij het begin van een smal pad dat omlaag voerde, in de richting van de zee. Weer een por in zijn rug. Wegrennen had geen zin. Ze zouden hem neerschieten voor hij tien meter ver was.

Het was aardedonker op plekken die niet door de maan verlicht werden. Hij moest met handen en voeten voelen hoe het pad liep. De mannen achter hem waren ongeduldig en duwden hem steeds weer, zodat hij een paar keer struikelde en bijna viel. Hij haalde hijgend adem. Onder aan het pad dus. Bij de zee. Mama, mamaatje.

Aan het eind van het pad stond Maria. Vlak bij haar lag een geel met wit gekleurde, kleine roeiboot. Er zat een man in die met zijn roeiriemen het bootje tegen de kant hield. De lijn waarmee het had vastgezeten hing half over de rand. Maria stak haar hand naar Jeroen uit en hij pakte hem vast. Hij voelde koel en prettig aan, en de angst trok zich iets terug.

'Get in the boat,' zei ze. 'Careful.'

Niet dus. Hij zou hier niet worden doodgeschoten. De droom ging verder en hij stapte voorzichtig in het bootje. De man die erin zat, stak een hand uit om hem te helpen. Jeroen ging op het achterbankje zitten. De aanvoerder volgde. Hij zat in de voorpunt. Maria, die als laatste aan boord kwam, ging naast Jeroen zitten. Het paste net. Hij voelde haar schouder tegen de zijne. Automatisch keek hij opzij. Tot zijn verbazing lachte ze hem geruststellend toe.

'You will be allright,' zei ze. 'Don't be afraid.'

Hij geloofde haar. Dat ene zinnetje, en de manier waarop ze het uitsprak, wakkerde onverwacht zijn hoop aan. Een golf van opluchting ging door hem heen. Het zou niet gebeuren. Ze lieten hem in leven. Hij snapte er nog steeds niets van, maar dat was nauwelijks belangrijk meer. Hij zou niet doodgaan! Hij haalde adem zoals hij nog nooit adem had gehaald en keek naar de maan boven zijn hoofd. De mooiste maan uit zijn hele leven.

De roeier zette met één riem af tegen de kant en roeide de nacht in. Jeroen merkte hoe hij zat te trillen en hij hield zich met allebei zijn handen aan het bankje vast.

Het was niet ver. Na een paar minuten zag Jeroen dat ze in de richting voeren van een vissersboot die een paar honderd meter uit de kust voor anker lag. Het was een haveloze, vale boot, waar niemand speciaal naar zou omkijken. Er waren zo veel van die boten

De roeiboot dreef tegen de vissersboot aan. Er doemde een man op uit het donker. Hij stak een hand uit en hielp Jeroen, Maria en de aanvoerder aan boord. Jeroen keek om zich heen. Er stonden een paar manden op het dek en er lagen netten en stukken touw. Precies wat je aan boord van een vissersboot kon verwachten.

De aanvoerder zei iets tegen Maria. Ze pakte Jeroen bij zijn arm en nam hem mee naar de voorplecht. Daar gingen ze zitten op een rol touw.

'What is all this?' vroeg Jeroen. 'I don't understand what...' Van het ene op het andere moment begaf zijn stem het. Alle klank was opeens weg, alsof hij in één seconde zwaar verkouden was geworden.

'Don't be afraid,' zei Maria weer. 'Arnesto will tell you.'

'Arnesto?' kraste Jeroen hees.

Ze knikte in de richting van de lange man, de aanvoerder, die achter op het dek stond met de man van de vissersboot. Ze praatten zacht met elkaar en keken in de richting van de kust, waar de roeiboot inmiddels in de schaduw van de rotsen was opgegaan.

Ediths vader was het zat. Hij liep naar de officier, die bij de ingang van het hotel stond, en begon met ongeduldige gebaren tegen hem te praten. De officier schudde zijn hoofd en zei iets terug. Van een afstand leek het of hij zijn schouders ophaalde. Hij keek op zijn horloge en zei weer iets. Ediths vader draaide zich om en kwam met grote stappen teruglopen.

'Ze snappen er niets van,' zei hij. 'De terroristen zouden gijzelaars vrijlaten en daarna zelf naar de bus komen. Maar er gebeurt helemaal niets.'

'Ik word gek,' zei Edith. 'Er is geschoten binnen en niemand doet iets?'

'Ik dacht dat jij niet wilde dat er aangevallen zou worden,' zei haar vader.

Hij had gelijk. Maar dit was niet vol te houden. De spanning zat als een brede, ijzeren band om haar borst. Het liefst zou ze naar binnen rennen. Jeroens naam schreeuwen en hem uit de handen van de overvallers vandaan rukken.

Zinloos. En dat wist ze zelf ook. Er was helemaal niets wat ze konden doen. Ze waren overgeleverd aan wat er binnen gebeurde. Ze konden alleen maar wachten.

'Als er over een kwartier nog niets gebeurd is, gaan ze naar binnen,' zei Ediths vader. Hij keek strak naar de ingang. Er was kennelijk iets gebeurd waar ze geen raad mee wisten. Ediths moeder was weer min of meer bij zinnen, maar ze zei niets. Ze zat op het bankje en staarde met een wezenloze blik voor zich uit.

De minuten kropen voorbij, maar de tijd stond stil. Het plein leek op een schilderij, met een bus in het midden. Niemand verroerde zich. De spanning leek iedereen op zijn plaats vast te nagelen.

Santin voelde een wilde opluchting door zich heen razen. Hij zou willen springen en schreeuwen, als een wildeman rond willen rennen. Zijn vader was vrij!

Toch moest hij zijn rol van soldaat nog even volhouden. Er waren nauwelijks nog mensen op straat op dit uur van de nacht, maar hij moest koel en afstandelijk blijven. Hij keek strak voor zich uit, naar de straat in het licht van de koplampen. Hij zag in gedachten de blik in de ogen van zijn vader toen die merkte dat hij door zijn eigen zoon bevrijd was. Een blik van ongelovige verbazing, vermengd met blijdschap. Maar de pijn was ook gebleven. Wat hadden ze met hem gedaan?

Ze waren op een donker kruispunt één keer een andere jeep tegengekomen, met twee soldaten erin. Maar die hadden hen geen blik waardig gekeurd en waren de andere kant op gereden, in de richting van het hotel. En Tachis reed het dorp juist uit, naar het eind van de boulevard. Daar, in de schaduw van de rotsen, stopte hij en ze stapten uit. Santin nam een paar seconden de tijd om zijn vader ademloos stevig te omhelzen. Voor altijd wilde hij hem vasthouden.

'Opschieten,' fluisterde Tachis. 'Ze wachten onder aan het pad.' Hij reed weg.

Santin en de twee anderen gingen zo snel mogelijk het pad af, maar Santin moest regelmatig zijn pas inhouden, omdat ze hem niet konden bijhouden. Op het laatst moest hij Ronsas ondersteunen. Zijn vader hield het langer vol, maar ook hij kon bijna niet meer.

Onder aan het pad kwamen drie gestalten uit de schaduw tevoorschijn. Uniformen, zwarte glimmende helmen. Het waren Christan, Palos en Valeo. Ze omhelsden Ronsas en Santins vader zwijgend en keken achterom toen ze het geluid hoorden van roeiriemen in het water. De wit met gele roeiboot doemde op en dreef naar de kant. De twee bevrijde gevangenen werden aan boord geholpen, samen met Valeo. Zonder tijd te verliezen ging de roeiboot op weg terug. Santin liet zich op een stuk steen zakken. Hij keek de roeiboot na en voelde tranen opkomen. Het kon hem niets schelen wat de anderen ervan dachten. Hij huilde zonder zich te bewegen en de spanning zakte weg uit zijn lichaam.

Nog één keer veerden ze op toen ze voetstappen op het pad hoorden. De eerste die omlaag kwam, was Tachis. Even later werd hij gevolgd door Canto. Ze hadden de jeep en de Mercedes in een schuur gezet, ergens buiten de stad. Daar zouden ze zeker gevonden worden, maar dan waren zij hopelijk al heel ver weg.

Christan legde een hand op Canto's schouder. 'Bedankt, vriend,' zei hij. 'Zonder jou hadden we nooit allemaal weg kunnen komen.' Canto knikte.

'Weet je zeker dat je meegaat?' vroeg Palos.

'Heel zeker.' Canto knikte weer. 'Ze zijn niet achterlijk. Ze zullen heel gauw snappen wat er precies gebeurd is en dan komen ze bij mij uit. Geen schijn van kans voor mij.' Hij keek naar de overkant van de baai. De maan scheen op zijn gezicht. Er was verdriet in zijn ogen.

Palos schudde zijn hoofd. 'Zover zijn we dus,' zei hij. 'Dat we ons gewone leven opgeven en op de vlucht slaan. Voorgoed weg.'

'Sonoscu kan niet voor altijd aan de macht blijven,' zei Christan. 'Daar komt een keer een einde aan.'

'Dat maken wij niet meer mee.' Palos keek hem treurig aan. 'Niet zolang hij gesteund wordt door bedrijven met geld. De rijken zullen altijd achter hem blijven staan.'

'Misschien ligt op dat punt onze hoop,' zei Christan.

'Hoop?' vroeg Santin.

'Ja,' zei Christan. 'Al is het dan maar een heel klein beetje.'

Ze deden er het zwijgen toe en wachtten op de terugkeer van de roeiboot.

21

Het kwartier was voorbij. Edith zag, hoe er beweging kwam in de soldaten op het plein. Zeker tien van hen gingen een voor een het hotel in.

Nu zou het gaan gebeuren. Edith deed haar ogen dicht en wachtte op de eerste schoten. 'Niet Jeroen,' mompelde ze, tegen niemand in het bijzonder. 'Laat hem wegkomen, alsjeblieft.'

Naast de bank stond haar vader. Hij had niets meer gezegd toen het kwartier verstreek. Hij had alleen om de halve minuut op zijn horloge gekeken. De spanning hing als een elektrisch geladen wolk op het plein.

Er kwam geen geluid vanuit het hotel. Het bleef een volle minuut stil, en toen nog een en nog een. Edith was opgestaan. Stap voor stap, zonder dat ze er zelf erg in had, was ze bezig het plein over te steken, alsof ze aan een onzichtbare lijn naar het hotel werd getrokken. Nog steeds niets. De officier sprak weer in de mobilofoon, terwijl hij onafgebroken de ingang in de gaten hield.

Er kwamen twee soldaten naar buiten. Ze haastten zich naar de officier en praatten tegen hem. De officier keek hen even aan en ging toen op zijn beurt het hotel binnen. Edith merkte dat haar vader naast haar was gekomen. Met zijn tweeën liepen ze steeds harder naar het hotel toe. Maar op een meter of tien afstand werden ze door een soldaat tegengehouden. Wanhopig keek Edith naar het stuk van de hal dat ze kon zien.

'Let us go!' riep ze. 'My brother is in there!'

De soldaat week geen meter van zijn plaats en een tweede soldaat kwam naar hen toe. Er was geen doorkomen aan. Ze bleven staan. Edith keek om naar haar moeder, die was blijven zitten. Ze keek vanaf het bankje naar wat er gebeurde. Er lag een vraag in haar ogen. Honger.

De officier kwam het hotel weer uit. Hij liep haastig naar zijn jeep en zei op geagiteerde toon iets in zijn mobilofoon. Toen zag hij Edith en haar vader staan, vlak bij de bus, en hij kwam naar hen toe. Met een hoofdbeweging dat het zo wel goed was, stuurde hij de soldaten weg. Hij had een verbaasde, maar tegelijk ook opgeluchte blik in zijn ogen.

'They are gone,' zei hij.

'Gone?' zei Ediths vader geschrokken. 'All of them?'

'No, no. Only the terrorists.' De officier zag zijn vergissing in. 'Sorry. The hostages are in the hotel.'

Edith hoorde het met stomme verbazing aan. Dat durfde ze bijna niet te geloven. Zo makkelijk kon het toch niet gaan?

'And now?' vroeg ze.

'They will be brought here,' zei de officier. 'Any moment.' Hij keek naar de ingang van het hotel. Er kwamen nog een paar soldaten naar buiten, en toen verscheen de reusachtige oma met haar kleinkinderen. Ze keek woest om zich heen en blafte een soldaat af toen die haar voor de voeten liep. Haar dochter en de kinderen zeiden niets en ze leken nog steeds bang. Ze werden naar de gereedstaande bus gebracht en stapten in.

Er kwam een ambulance het plein oprijden. Hij stopte bij de hotelingang en er gingen twee mannen met een brancard naar binnen. De officier liep achter hen aan. Edith en haar vader bleven staan. Ediths moeder was overeind gekomen van haar bankje en kwam met een ongelovige blik in haar ogen naar hen toe.

'Komen ze vrij?' Ze vroeg het heel voorzichtig, alsof ze bang was dat ze door te hard praten alles in de war kon sturen.

'De terroristen zijn weg,' zei Ediths vader. 'Iedereen komt vrij.'

Ze keken naar het hotel. Edith zag de twee Italiaanse modellen samen met een kleine man naar de bus lopen. Een van de twee had een hand voor haar gezicht. Ze huilde.

Een man en een vrouw volgden. Net als alle anderen hadden ze uniformen aan. Wit en blauw. Een jasschort en een broek.

Toen verschenen de mannen met de brancard. Er liep een vrouw naast. Ze hield de hand vast van degene die op de brancard lag. Het was niet Jeroen, maar een oudere man.

Ze wachtten. Nog twee soldaten kwamen naar buiten en toen hield het op. Dat kon toch niet? Iedereen was tevoorschijn gekomen en Jeroen niet?

'Waar is hij nou?' vroeg Ediths moeder op een klagerig toontje.

De officier kwam weer naar hen toe. 'My men are searching the building,' zei hij. 'You wait.'

Er kwam drie mannen in zwarte gevechtspakken het plein op lopen. Ze hadden alledrie een indrukwekkend wapen bij zich met een telescoop op de lens. Edith had niet gezien waar ze vandaan kwamen. Dit waren niet zomaar soldaten met een geweer. Deze wapens zagen er veel dreigender uit. Scherpschutters, bedacht ze opeens. Ze hadden scherpschutters bij de hand gehad in het donker. De overvallers zouden weinig kans hebben gehad. Ze keek opzij naar haar vader, maar die keek alleen naar de ingang. De drie mannen liepen naar de officier bij de jeep.

Ze wachtten weer. Edith probeerde met haar ogen Jeroen naar buiten te halen.

'Kom op,' mompelde ze, zonder dat ze het zelf in de gaten had. 'Kom dan, jochie.'

Ze wachtten, maar er kwam niemand meer.

Stuk voor stuk had Jeroen hen over de reling zien klimmen: de woesteling, nu zonder baard, de bleke man, de man die naast hem in de Mercedes had gezeten, twee mannen die hij niet kende, en de jongen. Hij had gezien hoe de jongen huilend een van de onbekende mannen omhelsd had. Ze kenden elkaar.

'He is his father,' zei Maria naast hem zacht. 'He was in prison.'

Gevangenen. Was het daarom te doen geweest? Maar waarom zat híj hier dan? Hij wilde het nog een keer aan haar vragen, toen voor de laatste keer de roeiboot uit het donker aan kwam varen. De laatste twee kwamen aan boord, samen met de man die geroeid had. Het waren de kleine man, die geschoten had, en de chauffeur van de Mercedes. Jeroen zag opeens dat het dezelfde

143

was die hen vanaf het vliegveld naar het hotel gereden had. Dus die hoorde er ook bij. Hij begreep het niet.

Het anker werd opgehaald en de motor van de vissersboot werd gestart. Met lage snelheid, om zo weinig mogelijk geluid te maken, voeren ze weg van de kust. Er waren nog een paar vissersboten op het water. Ze waren aan het vissen, met behulp van lichtbakken. Voorzichtig voeren ze ertussendoor en langzaam meerderde de boot snelheid. Jeroen zat nog steeds op de rol touw en hij zag hoe de mannen elkaar allemaal omhelsden en gelukwensten. De actie was dus geslaagd. Of ze waren in ieder geval blij dat ze er levend uitgekomen waren. Het gevaarlijke en dreigende was van hen afgevallen. Gewone mannen op een gewone boot.

De jongen kwam naar hen toe en Maria stond op. Ze keken elkaar aan en de jongen drukte haar tegen zich aan. Ze praatten zachtjes en Jeroen zag hoe blij ze waren elkaar hier weer te zien. Hij voelde zich opeens weer alleen, daar op die rol touw. Iedereen had iemand en hij zat daar maar. Hij wilde terug, maar daar was geen kans op. Ze konden hem meenemen naar welke plek dan ook. Het kon tijden duren voor hij weer bij zijn ouders was. Als dat al gebeurde. De angstige spanning kwam terug. Een ander eiland misschien, lange tijd gevangen als laatste gijzelaar. De aanvoerder, die dus Arnesto heette, kwam naar hem toe. Jeroen zette zich schrap. Het was zover. Tijd voor de uitspraak, het vonnis. Hij stond op en keek de man aan, terwijl de boot steeds verder de zee op voer.

Edith was tot de slotsom gekomen dat alle gijzelaars vrijgekomen waren, behalve Jeroen. Er was niemand meer uit het hotel gekomen en het hele gebouw van het restaurant en de keuken was uitgekamd. Er was niemand meer.

Even later hoorde ze dat in de bus bevestigd was wat ze al vermoedde: de overvallers waren vertrokken en ze hadden Jeroen meegenomen. Waarom?

Haar moeder was nu echt helemaal ingestort en naar het hotel gebracht. Edith keek haar vader aan met ogen die brandden van de tranen.

'Waarom hebben ze hem meegenomen?' vroeg ze aan haar vader.

'Omdat ze weten wie hij is.' Haar vader had veel van zijn besluitvaardigheid verloren. 'Dat hij mijn zoon is.'

'En wat ga je nu doen?'

'Ik weet het niet,' zei hij wanhopig. 'De koffer met geld ligt in de bus, maar ze zijn gewoon vertrokken. Dat geld kan ze niets schelen waarschijnlijk. Ik snap er geen bal van.'

'Doe iets!' schreeuwde Edith. 'Je kent ze toch, hier? Het gaat om je zoon, verdomme nog aan toe!'

'Ik kan niets doen,' zei hij moedeloos. 'Niemand weet waar ze zijn. Ze hebben niets meer van zich laten horen.'

Stampvoetend liep Edith weg. Zelf wist ze natuurlijk ook niet wat er moest gebeuren, maar gewoon zitten afwachten kon ze niet. Ze liep het plein af. Er was niemand die haar tegenhield. Ze stapte opzij voor de bus met gijzelaars, die op weg was naar Joost mocht weten waar. Het ziekenhuis misschien, of het politiebureau. Het kon haar niet schelen. Ze liep de boulevard op en keek naar het water. De nacht vorderde, maar het was nog donker. Op zee waren lichtjes te zien van boten.

'O Jeroen,' kreunde ze. 'Waar zit je nou? Ik ben zo bang.'

Ze kwam bij een bankje en ze zag dat het hetzelfde was waar ze met Canto had gezeten, die eerste avond. Ze liet zich erop zakken en leunde achterover. Canto. Waar was hij? Wat was er met hem aan de hand?

De tijd verstreek. Ze voelde zich hopeloos alleen en verlaten. Jeroen was in gevaar en ze wist niet waar hij was. En Canto was weg. Voorgoed. Ze voelde een afschuwelijke leegte in haar lijf. Ze had niet eens de moed om op te staan. Ze zat daar met de mist in haar ogen.

'Jeroen,' zei ze, en: 'Canto.' Om beurten.

Jeroen keek naar het schijfje dat hij in zijn hand had. Hij had het van Arnesto gekregen. Er stond belangrijke informatie op, had die gezegd. Informatie over CPI. Over het gebrek aan veiligheidsmaatregelen, over de slechte betaling. Over de maatregelen die tegen je werden genomen als je durfde te protesteren. De twee mannen die aan boord gebracht waren, hadden die informatie verzameld en daarom gevangen gezeten. Maar het schijfje was nog net op tijd in handen van Arnesto en zijn groep gekomen. Er was een kopie van.

Jeroen had het verhaal met moeite kunnen volgen en hij wist niet of hij alles gesnapt had. Maar Arnesto vond het kennelijk noodzakelijk dat allemaal tegen hem te zeggen. Jeroen wist nu in ieder geval dat deze mannen CPI, en dus ook zijn vader, beschuldigden van het slecht behandelen van hun mensen. En van steun aan de dictatuur.

Hij was geschokt. Het waren dingen waar hij nooit zo over nagedacht had, en hij kon zijn vader niet als een misdadiger zien. Eerlijk gezegd had hij het ook vaak irritant gevonden als Edith weer eens van leer trok tegen het onrecht in de wereld. Maar als dit waar was... Misschien gebeurden die dingen zonder dat zijn vader het wist.

Het allerbelangrijkste dat hij gehoord had, was dat hij het schijfje aan zijn vader moest geven. Dat betekende dat hij terug mocht. Hij wist alleen nog niet hoe.

Hij keek uit over het water. Aan de horizon begon de lucht heel voorzichtig lichter van kleur te worden. De nacht was bijna voorbij.

Jeroen stak het schijfje in de zak van de witte jasschort die hij nog steeds aanhad. Hij keek naar Maria. Al die tijd was ze voor hem een eilandje van vrede geweest, midden in het geweld. Ze stond nog steeds bij de jongen, van wie hij de naam niet wist. Hij wist van niemand de naam, behalve van haar en van Arnesto. Hij haalde diep adem. Arnesto nam hem mee naar de achterplecht. De vissersboot was stil komen te liggen. Er was nauwelijks deining. Arnesto maakte een uitnodigend gebaar naar de roeiboot, die achter de boot was gehangen en nu door een van de mannen naar voren werd getrokken.

'Get in,' zei Arnesto. Hij was niet uitgesproken vriendelijk, maar hij keek Jeroen niet onwelwillend aan. 'It is not too far to the coast.'

Geen van de anderen maakte aanstalten om in te stappen. Hij ging alleen en ze gaven het bootje op. Hij zou dus zelf gaan roeien. Nou, dat had hij wel meer gedaan. Het was niet waar hij op gerekend had, maar alles was goed, zolang hij maar weer terug kon naar het eiland. Hij wilde over de reling stappen, toen hij op zijn schouder getikt werd. De chauffeur van de Mercedes stond achter hem. Hij had een envelop in zijn hand.

'Please, give this to your sister,' zei hij. 'I hope she will understand.'

Dat hoop ik ook, dacht Jeroen. Zelf begreep hij het niet in ieder geval, maar vooruit. Hij zou het avontuur als postbode eindigen. Hij keek de man aan en zag een bezorgde blik in zijn ogen.

'Allright,' zei Jeroen moeilijk. Hij schraapte zijn keel. 'I will give it to her.'

'Thank you.' De man deed een stap terug en Jeroen stapte in de roeiboot. Er lagen twee roeiriemen in en hij legde ze in de dollen. Aan boord van de vissersboot werd de lijn losgemaakt en toen dreef de roeiboot los op zee. Jeroen begon te roeien. De motor van de vissersboot klonk weer luider en ze raakten snel verder uit elkaar. Hij zag Arnesto, die bewegingloos bij de reling stond. En daar stond de jongen, met Maria naast zich. Ze stak haar hand op en zwaaide naar hem. Hij liet de roeiriem even los en zwaaide terug. Een afscheid zonder woorden, en even voelde hij iets van weemoed. Toen pakte hij de riem weer en roeide in de richting van de kust. De zee was opeens heel erg groot en het bootje nietig. Hij voelde de diepte onder zich en even kwam er een paniekerig gevoel in hem op. Maar de riemen in zijn handen waren geruststellend stevig en glad. De roeibeweging was vertrouwd en hij zag de lichten van het eiland. Hij roeide en keek naar de vissersboot tot die verdween in de aarzelend beginnende ochtendschemering.

Terwijl de dag in hoog tempo het donker wegvaagde, zat Edith nog steeds op hetzelfde bankje. Achter haar begon het stadje weer tot leven te komen. Mensen liepen achter haar langs en een paar keer was er een jeep langsgereden. Niemand bemoeide zich met haar. Waar haar ouders waren, wist ze niet. De vraag of ze zich zorgen over haar maakten, kwam niet in haar op. Ze was totaal leeg en het enige wat ze kon doen was naar de zee kijken. Haar flinkheid was verdwenen en ze huilde zachtjes voor zich uit. Ze deed geen moeite om de tranen van haar wangen te vegen. In de mist bleven twee gezichten om de voorrang vechten en ze liet het gebeuren. Zonder ze echt te zien, keek ze naar de vissersboten op het water, waarvan er een paar in de richting van de kust kwamen varen. Veel dichterbij kwam een kleine roeiboot haar kant op.

In een bootje op het water, dat zou ze wel willen. Zorgeloos, met Canto aan de riemen. Nieuwe tranen.

Het roeibootje kwam in een gelijkmatig tempo dichterbij en ze kon de kleuren onderscheiden. Wit en geel. Heel even drong zich de vraag aan haar op waarom iemand in zo'n klein bootje vanuit de nacht naar het land kwam roeien. Maar dat was maar een korte flits.

Ze voelde zich misselijk. Een lege maag natuurlijk. Opeens had ze zin in koffie en iets te eten. Maar ze kon het niet opbrengen om op te staan. Diep ademhalen dan maar.

Het wit met gele roeibootje was minder dan honderd meter uit de kust. Er zat iemand in met een witte jas aan. Dat was raar. Ze bleef kijken hoe het bootje naar de kant kwam en ten slotte op het smalle kiezelstrand onder aan de boulevard liep. De roeier bleef even zitten, de schouders gebogen na een flinke roeitocht. Toen deed hij een been over de rand en stapte in het ondiepe water. Hij trok het bootje half op de kant en keek omhoog naar de boulevard.

Met wijd opengesperde ogen en een nog heel even onhoorbare schreeuw in haar keel zag Edith dat het Jeroen was.

22

Haar ouders waren helemaal gek geweest van ongerustheid en Edith had op haar donder gehad, omdat ze weer zomaar weggelopen was. Maar dat viel in het niet bij de wilde blijdschap over de terugkomst van Jeroen. Zijn moeder klemde zich aan hem vast alsof ze zou verdrinken als ze losliet.

'O, jochie, jochie,' zei ze onafgebroken. 'Jochie.'

Zijn vader stond erbij en keek ernaar. Zo nu en dan legde hij een hand op Jeroens schouders, maar voor de rest had hij geen schijn van kans. Jeroen was van zijn moeder en van niemand anders.

'Waar zijn de anderen?' vroeg Jeroen toen hij zijn hoofd even bij zijn moeder vandaan kon krijgen. Hij had zijn stem terug, maar hij was nog steeds een beetje hees.

'Wie bedoel je, liefje, welke anderen?' Zijn moeder kon zich niet voorstellen dat er andere mensen bestonden die ook belangrijk waren.

'De andere gevangenen,' zei Jeroen. 'Francesca.' Hij keek om zich heen in de hal van het hotel. Er was personeel en er waren militairen, maar de gegijzelde gasten zag hij nergens.

'Francesca?' Zijn moeder begreep het niet. 'Wie is dat?'

Jeroen rukte zich los. 'Wat is er met haar gebeurd? En met de anderen?'

'Alles is oké.' Edith nam het over. 'Ze zijn in veiligheid. Ik weet niet waar ze ze heen gebracht hebben.' Ze probeerde haar moeder te kalmeren. 'Toe nou, mam, hij is terug. Alles is goed, toe.'

Haar moeder liet zich op een bank zakken en huilde, met haar handen voor haar gezicht. Edith gebaarde tegen haar vader dat hij naar haar toe moest gaan. Toen pakte ze Jeroen bij zijn arm en nam hem een paar meter mee.

'Wie zei je?' vroeg ze nieuwsgierig. 'Francesca?'

Jeroen gaf geen antwoord. Hij keek naar het plein voor het hotel, alsof hij verwachtte dat ze daar nog zou zijn.

'Italiaans?' vroeg Edith.

'Ja,' zei hij. 'Weet je zeker dat ze in orde is?'

'Ik heb iedereen de bus in zien gaan,' zei Edith. 'Ze waren ongedeerd, op één man na.'

'Arnold,' zei Jeroen. 'Stommeling. Dacht dat hij in zijn eentje de hele bende de baas kon.'

'Wat vond jij het nou voor mensen, die overvallers?' vroeg Edith.

Jeroen aarzelde. 'Ik weet het niet precies,' zei hij. 'Geen misdadigers of zo. Of maffia.'

'Het waren zeker geen misdadigers, geen terroristen,' zei Edith. 'Echt niet. Ze vechten tegen de onderdrukking.'

Hij keek haar aan. Zulke teksten was hij wel van haar gewend en meestal ging hij er niet op in. Maar nu leek het of ze heel goed wist waar ze het over had.

'Ik geloof zelf ook niet dat het terroristen zijn,' zei hij. 'En zeker na wat Maria me verteld heeft.'

'Nog eentje, toe maar.' Er kwam heel even iets terug van de gemoedelijke manier waarop ze altijd met elkaar omgingen.

'Het gaat om vrijheid,' zei Jeroen. 'En armoede. En CPI.'

Ze knikte. 'Ik weet het,' zei ze.

Jeroen keek om zich heen. Er was niemand in de buurt en hij greep in zijn jaszak. 'Hier,' zei hij. 'Die moest ik aan je geven.' Hij haalde de envelop tevoorschijn.

'Aan mij? Van wie?'

'Ja, dat was raar,' zei Jeroen. 'Die chauffeur van de Mercedes, je weet wel. Die ons hierheen heeft gereden, die was er ook bij.'

'Canto,' zei Edith, ademloos opeens. 'Geef.' Ze trok de envelop uit Jeroens hand.

Canto? Ze kende hem dus. Maar Jeroen zei niets, al zag hij hoe ze met trillende vingers de envelop openscheurde en de brief las.

'O,' zei ze alleen maar, met een hoog stemmetje. Een rode kleur kroop over haar gezicht.

'We hebben allebei iets te vertellen, geloof ik,' zei Jeroen. 'Straks, als we alleen zijn.' Hij keek weer om zich heen.

Ze knikte sprakeloos. Tranen rolden over haar wangen. Jeroen raakte even haar arm aan en draaide zich om naar de bank waar zijn ouders zaten. Zijn vader had een arm om de schouders van zijn vrouw geslagen en praatte tegen haar. Jeroen liep naar hem toe. Hij haalde het schijfje uit zijn zak.

'Hier,' zei hij tegen zijn vader. 'Voor jou.'

'Wat is dat?' Zijn vader keek hem vragend aan.

'Informatie,' zei Jeroen. 'Over CPI.'

Zijn vader begreep het niet. 'Weet je zeker dat je dat aan mij moest geven? Niet aan Sonoscu bijvoorbeeld?'

'Wie is dat ook weer?'

'De president.'

Jeroen schudde zijn hoofd. 'Het was speciaal voor jou,' zei hij. 'Er staat belangrijke informatie op. Ik zou het maar snel bekijken als ik jou was.'

Zijn moeder keek niet-begrijpend van de een naar de ander en zijn vader staarde hem aan, maar zei niets toen hij het schijfje in zijn zak stak.

Vanaf de andere kant van de hal kwam een officier naar Jeroen toe, vergezeld van een man die Jeroen herkende als de vader van die lawaaierige kinderen, de man met de gouden kettingen. De man die ontsnapt was. Wat was zijn naam ook alweer? Jeroen kon er niet opkomen.

'Is everything allright with you?' vroeg de officier. Hij klonk vriendelijk en belangstellend. De man naast hem had een koude en onderzoekende blik in zijn ogen. Met daaronder een laag van smeulende woede.

'Yes.' Jeroen knikte.

'We want to ask you some questions,' zei de officier. 'Yes?'

Jeroen keek even naar zijn vader en knikte toen. De officier wenkte hem mee naar een zitje in de hoek van de hal en Jeroen liep achter de twee mannen aan. Zijn vader volgde hem op de voet.

Of de terroristen hem goed behandeld hadden, vroeg de officier. Of hij wist waarom ze de overval gepleegd hadden. Of hij enig idee had waar ze nu waren. En hoe groot de groep geweest was. Jeroen voelde een toenemende tegenzin om de vragen te beantwoorden. De officier was heel vriendelijk en belangstellend. Een vriendelijke oom bijna. Maar de man naast hem boezemde Jeroen angst in, en weerzin. Hij beantwoordde de vragen zo algemeen en zo vaag mogelijk.

Ja, hij was goed behandeld. Ze hadden eten gehad en kleren. En beddengoed. En die ene neergeschoten man was gewoon dom geweest. En nee, hij wist niet waarom ze het gedaan hadden, en al helemaal niet waar ze heen waren. De zee op, in een oude vissersboot. En ze waren met zijn zessen. Maria en de chauffeur noemde hij niet.

Of hij de mannen kon beschrijven, vroeg de officier.

Nou, niet zo heel goed. En zijn Engels was ook opeens veel minder goed geworden. Hij bleef steken op een lange, een kleine, en er was ook een jongen bij. En op het laatst hadden ze legeruniformen aangehad.

Er kwam verwarring in de ogen van de officier en hij stopte. De man naast hem nam het over.

'Did you hear names?' vroeg hij. 'Who was the leader?'

Jeroen moest zichzelf dwingen om hem aan te kijken. Hij kreeg kippenvel op zijn armen en zijn hoofdhuid trok strak. Lanzaru, hij wist het opeens weer. Maria had die naam genoemd. Het was een naam met een duistere klank. Hij wist opeens zeker dat het slecht met Maria, Arnesto en de anderen zou aflopen als ze in zijn handen zouden belanden. Heel erg slecht. De man had een kwaadaardige uitstraling.

'I don't know their names,' zei hij.

De man keek hem aan. 'Gazarli?'

Jeroen schudde zijn hoofd. Die naam had hij in ieder geval niet gehoord.

Ze wilden nog meer vragen, maar zijn vader kwam ertussen.

'This is enough,' zei hij. 'He doesn't know anything more.' Hij pakte Jeroen bij zijn arm en trok hem overeind. De twee mannen protesteerden niet. De officier knikte alleen maar. De andere man stond op en liep met grote passen de hal uit. Die ging een zoektocht organiseren naar een verveloze vissersboot, dat was wel zeker. Jeroen hoopte inmiddels van ganser harte dat ze niet gevonden zouden worden. Misschien waren ze al ver genoeg weg, of waren ze al op hun bestemming aangekomen.

Nog één keer was de officier teruggekomen om een poging te wagen iets meer informatie te krijgen, maar tevergeefs. Jeroen liet niets meer los. Hij voelde zich er onrustig onder en hij bedacht dat hij nu nota bene die overvallers hielp. Als ze daarachter zouden komen, zag het er niet goed voor hem uit. Hij voelde weer de blikken van die ene man, en opeens wilde hij zo snel mogelijk weg, van dit eiland af.
'Kunnen we niet terug?' vroeg hij aan zijn vader. 'Naar huis?'
'Ik ben al aan het informeren.' Zijn vader knikte. 'Ik snap het. Zelf wil ik ook zo snel mogelijk weg, en je moeder denkt er net zo over. Ga maar pakken.'
Jeroen keek naar hem. Zijn vader was naar zijn hotelkamer gegaan. Hij had daar in zijn eentje gezeten en Jeroen vermoedde dat hij zijn laptop tevoorschijn gehaald had om de informatie op het schijfje te bekijken. Toen hij weer terugkwam, had hij niets gezegd. Maar hij leek zich ongemakkelijk te voelen.
Jeroen had Edith een tijdje niet meer gezien. Ze was ook naar haar kamer gegaan. Jeroen brandde van nieuwsgierigheid om te horen wat er met haar gebeurd was. En opeens dacht hij weer aan Francesca en hoorde hij haar angstige schreeuw. Waar zou ze zijn? Hij wilde haar nog een keer zien. En de andere gijzelaars. Hij hoopte dat ze zouden weten dat hij ongedeerd en in veiligheid was.
'Vanavond gaat er een toestel naar Frankfurt,' zei zijn vader. 'Ik ben aan het proberen om stoelen te reserveren. En dan vandaar naar Schiphol. Waar is Edith?'
'Op haar kamer.' Jeroen ging naar zijn eigen kamer en legde zijn

tas op zijn bed. Fijne lange vakantie was het geweest. Eén hele nacht in een hotel geslapen. Of nee, twee. Nou ja, niet geslapen natuurlijk. Hij keek naar buiten. Er zaten weer een paar mensen bij het zwembad. De ergste schrik was voorbij. Maar hij betwijfelde of alle gasten zouden blijven. Dat zou een flinke schadepost zijn voor het hotel.

De plek bij het zwembad waar de man had gelegen was schoongemaakt. Jeroen wist niet of die man nog leefde of niet. Hij huiverde. De dood was rakelings langs hem heen gegaan. Hij propte zijn spullen in zijn tas.

Edith zat in kleermakerszit op haar bed. Ze voelde zich leeg en moe. De brief lag naast haar en zonder het te merken streek ze er met haar vingertoppen onafgebroken overheen. Hij was weg, en voor lange tijd ook. Misschien voor altijd. Het was haast niet te geloven, maar hij hoorde bij de terroristen. Ze schudde haar hoofd. Terroristen was geen goed woord. Deze mensen vochten voor hun vrijheid. Geweldloosheid had niet geholpen en daarom was het zover gekomen. Ze zou hem misschien ooit terugzien, maar dan pas na lange tijd. Er trok een waas voor haar ogen.

Er werd op de deur geklopt.

'Wie is daar?' vroeg ze.

'Ik ben het.' De stem van haar vader.

Ze sloot haar ogen. Nog een confrontatie met hem zou te veel zijn. Maar misschien moest het ervan komen. Ze zou hem vertellen wat ze gehoord en gezien had. Canto was nu toch weg.

'Kom maar binnen,' zei ze. Ze bleef zitten.

De deur ging open en haar vader kwam binnen. Niet doelbewust, zoals anders, maar behoedzaam. Aan de blik in zijn ogen was te zien dat hij niet goed raad wist met de situatie.

'Gaat het weer?' vroeg hij.

'Het gaat goed, dank je.' Het klonk afstandelijker dan ze eigenlijk wilde.

'Je moet zo maar gaan pakken,' zei hij. 'We vertrekken zo snel mogelijk. Ik ben een reservering aan het regelen.'

Edith knikte. Ze vond het best. Ze had schoon genoeg van het eiland.

'Jeroen had iets voor me meegenomen,' zei haar vader. 'Van de... van die mensen.'

'O?' Ze keek hem vragend aan.

'Een bestand met informatie over CPI. Ze vroegen aan Jeroen of hij het aan mij wilde geven.'

'Wat stond erop?'

'Edith,' zei hij, na een keer diep ademgehaald te hebben. 'Je moet me geloven als ik zeg dat ik nooit moedwillig maatregelen zou nemen waarvan ik weet dat ze slecht zijn voor de mensen die voor mij werken. Nooit.'

Ze keek hem aan. Hij stond er ongemakkelijk bij, smekend bijna.

'Ik geloof je,' zei ze. Ze meende het. Het zou onwetendheid geweest kunnen zijn, onverschilligheid hooguit. Maar geen opzet.

'Volgens deze informatie zijn er een hoop dingen niet goed geregeld binnen het bedrijf. Maar ik verzeker je dat ik dit niet wist.'

'Ik geloof je.'

'Als het waar is wat erop staat,' zei hij.

'Het is waar.'

'Hoe weet je dat?'

Ze vertelde hem wat er gebeurd was, waar ze was geweest. Wat Canto haar had laten zien, wat er met zijn moeder was. En hoe de mensen leefden in de sloppenwijken. En ze vertelde hoe mensen die daartegen protesteerden behandeld werden. Hoe de dochter van die ene man als een beest afgemaakt was.

Haar vader maakte een gebroken indruk toen ze klaar was. Hij stak het schijfje omhoog.

'Ik ga dit tot op de bodem uitzoeken,' zei hij. 'Ik beloof het je.'

Hij ging de kamer uit.

Een paar uur later stonden ze met hun bagage in de hal van het hotel. Er waren meer mensen, onder wie de twee Franse meisjes met hun ouders. Jeroen lachte naar hen en ze zwaaiden terug. Zo te zien waren ze al aardig over de schrik heen. Zo ging dat waarschijnlijk met kleine kinderen. Ze gingen ook naar huis in ieder geval.

Zijn vader kwam eraan. 'De taxi komt,' zei hij.

'Geen voorkeursbehandeling meer?' vroeg Edith. Ze had de vreemde en irreële hoop gehad dat Canto opeens weer zou komen voorrijden in zijn Mercedes. Zomaar, alsof er niets aan de hand was. Het zou niet gebeuren.

'Ik heb contact gehad met Sonoscu,' zei haar vader. 'Ik heb hem gezegd dat ik een onderzoek wil instellen naar de gang van zaken bij CPI en daar was hij helemaal niet blij mee.' Hij zei het snel, alsof hij haast had en er verder niet over wilde praten. 'Hij gaf me meteen door aan zijn secretaris. Die zei dat er geen chauffeur beschikbaar was.'

Canto, dacht Edith. Ik zou graag nog eens met je meerijden, al was het maar in een klein Opeltje.

Ze knikte. 'Er is niks mis met een taxi,' zei ze. 'Wil je niet vertellen wat er precies op dat schijfje stond?'

'Niet hier.' Haar vader keek om zich heen. 'Als we thuis zijn. Of in het vliegtuig.'

Er kwam iemand van het hotel naar hem toe om te zeggen dat de taxi voorstond. Ze pakten hun bagage op en liepen naar de uitgang. Op dat moment werd Jeroen voor de tweede keer in twee dagen overvallen. Er waren twee armen om zijn nek en een wolk van donkerblond haar zwierde langs zijn gezicht.

'Dzjeroon,' hoorde hij. 'Dzjeroon. Mio tesoro.'

Hij had er al niet meer op gerekend dat hij haar nog zou zien. Hij rook haar zoete geur en keek in haar ogen. Ze glinsterden van tranen en hij voelde zelf ook een brok in zijn keel. Al de spanning en de angst kwamen weer heel even heftig terug toen er door hem heen flitste wat ze samen meegemaakt hadden. Maar haar wang tegen de zijne verdreef dat gevoel meteen. En toen kwam er van de andere kant nog een. Laura. Jeroen wist niet wat hem overkwam. In de gauwigheid zag hij hoe zijn ouders stomverbaasd naar hem stonden te kijken. En Edith ook natuurlijk. Met een klein, prettig lachje in haar ogen.

'Did they hurt you?' vroeg Francesca.

'No, no.' Hij keek haar verrukt aan. 'And you?'

Ze schudde haar hoofd. 'We are going home,' zei ze. 'This evening.'

'We too.' Natuurlijk, wie wilde nog hier blijven?

'Where do you live?' vroeg hij en ze zei: 'In Italy,' waarop ze meteen zenuwachtig in de lach schoot.

'Yes,' zei Jeroen. 'But where?'

'In Bologna.'

'We moeten gaan,' zei Jeroens vader.

Jeroen keek Francesca aan. 'I will come to Bologna,' zei hij. 'Give me your address.'

'Yes. Yes.' Ze pakte een agendaatje uit haar tas en krabbelde haastig haar naam en adres op een blaadje. Ze scheurde het eruit en gaf het aan hem.

'I will write you,' zei Jeroen.

Hij moest gaan. Met moeite en tegenzin maakte hij zich los en nog een keer voelde hij van twee kanten een kus op zijn wang. Toen pakte Edith zijn arm en ze gingen de draaideur door, terwijl hij alleen maar achterom liep te kijken.

De taxi die bij de ingang stond, was heel wat minder riant dan de Mercedes, maar dat kon niemand iets schelen. De bagage ging achterin en even later reden ze het plein af. Jeroen keek door de achterruit en zag nog net hoe Francesca en Laura voor het hotel stonden. Ze zwaaiden en de taxi ging de hoek om. Hij keek weer voor zich, maar hij zag niets van de weg of de omgeving.

In de vertrekhal van de luchthaven zaten Jeroen en Edith samen op een bank. Ze keken naar het platform buiten. Een eindje bij het hoofdgebouw vandaan stond een groot wit vliegtuig van Lufthansa. Er werden karretjes met bagage naartoe gereden.

'Dat was een heftig afscheid,' zei Edith.

'Ja.' Jeroen zat er nog middenin.

'Wie was Francesca? Die eerste?'

'Ja.'

'Mooi.'

'Echt wel.' Hij schraapte zijn keel.

'Ga je haar schrijven?'

'Reken maar van yes. En ik ga erheen ook.'

'Jij wel, ja.'

Edith keek naar het vliegtuig. Ze voelde zich moe en verdrietig.

'Ben je erg bang geweest?' vroeg ze.

Hij dacht daar even over na. Hij was niet de hele tijd bang geweest. Niet toen hij met Francesca praatte.

'In het begin wel,' zei hij. 'En toen ik als enige meegenomen werd.'

En opeens was het er weer. De zekerheid dat hij doodgeschoten zou worden. Toen ze in de hoteltuin bij het deurtje stonden. En bij het pad naar de zee. Het zweet brak hem uit en hij rilde.

Edith zag het en ze sloeg een arm om zijn schouders.

'Ach, jochie,' zei ze. 'Rustig maar. Alles is goed.'

Alles was helemaal niet goed. Ze lieten een eiland achter dat met geweld geregeerd werd. Canto en de anderen moesten vluchten en konden niet meer terug. Jeroen zou nog lang niet van zijn angst af zijn. Maar de zon scheen en ze leefden allemaal nog.

De koffers gleden op een lopende band het vliegtuig in. Edith keek om. Haar ouders zaten op een bank vlak achter hen. Haar moeder glimlachte naar haar. Vermoeid, maar toch. Haar vader keek in de verte maar in feite nergens naar. Zijn wenkbrauwen waren licht gefronst en zijn gedachten maalden onafgebroken rond. Over zijn bedrijf?

Jeroen haalde diep adem en de angst zakte weg.

'Wat stond er eigenlijk in die brief?' vroeg hij. 'Ken je die man?'

'Ja,' zei ze. 'Ik heb veel met hem gepraat en ik vind het vreselijk dat hij weg is. Ik denk dat ik verliefd op hem ben.'

'Jeetje.' Jeroen schrok ervan. 'Hoe heb je hem ontmoet dan?'

'Eerst op de boulevard. Toen ik in mijn eentje ging wandelen, weet je nog?'

Toen alles nog gewoon was. Hij wist het nog.

'En toen jullie in het hotel vastzaten, was hij onze chauffeur. We hebben even in een appartement gezeten, vlak bij dat van hem. Hij was ook een soort lijfwacht.'

Jeroen begreep het niet. 'Lijfwacht?' vroeg hij. 'In dienst van het leger? Van de president? Maar hoe...' Hij schudde zijn hoofd.

'Hij speelde dubbel spel, begrijp ik nu,' zei Edith. 'Dat staat ook in die brief. Hij heeft me laten zien hoe erg het is op het eiland. In de sloppenwijken dan.'

'Ben je daar geweest?'

Ze knikte. 'Daar ben ik geweest, ja. Het was heel erg. En ik heb gehoord wat er allemaal gebeurt. En welke rol CPI daarin speelt.'

'Ja.'

Daar konden ze niet omheen. De rol van het bedrijf van zijn vader. De rol van zijn vader zelf. Daar moest hij met hem over praten. Omdat ze zijn leven overhoop waren komen gooien. Maria en haar vriend, Arnesto, Canto en al die anderen. Hij merkte dat hij heel graag wilde weten waarom alles gebeurd was. Misschien zou het allemaal makkelijker zijn, als hij het begreep. Hij keek naar het vliegtuig. Misschien zou het ook verschil maken als ze in de lucht waren. Als ze deze bodem achter zich gelaten hadden.

Hij schudde zijn hoofd. Alles ging mee, de lucht in. Hij zou het zelf uit zijn lijf moeten zien te krijgen.

'Wat is er?' vroeg Edith. 'Waarom schud je met je hoofd?'

'Ik moet met papa praten. Over de fabriek. Of het waar is wat ze zeggen.'

'Ik denk dat het waar is. Ik weet het bijna zeker. Maar je hebt gelijk. We moeten er met hem over praten.'

'En dan krijgen jullie weer ruzie.'

'Misschien. Maar misschien ook niet. Het zou wel eens mee kunnen vallen.'

'Dat hoop ik dan maar.' Hij ging rechtop zitten. 'Hoe moet dat nou met die Canto?'

'We hebben gezoend.'

'Joh! Echt gezoend? Ik bedoel, eh...'

'Ja, echt.'

Drie dagen geleden zou het onvoorstelbaar zijn geweest dat ze hem dat verteld zou hebben. Maar niets was meer zoals drie dagen geleden.

'En wat moet je nu?' Hij keek opzij. Tranen.

'Hij is op de vlucht,' zei ze. 'En misschien kan hij nooit meer naar het eiland terug. Maar hij zal contact opnemen. Dat staat in de brief.' Ze keek Jeroen aan. 'Ik wil hem zo vreselijk graag terugzien,' zei ze.

'Ja, dat snap ik,' zei hij. 'Dat snap ik helemaal.'

Ze lachte door haar tranen heen en pakte zijn hand.

Er werd omgeroepen dat de reizigers voor de vlucht van Lufthansa naar Frankfurt zich naar de uitgang moesten begeven.